UNA SERIE DE
CATASTRÓFICAS DESDICHAS

UN MAL PRINCIPIO

PRIMER LIBRO DE LEMONY SNICKET

ILUSTRACIONES DE
BRETT HELQUIST

TRADUCCIÓN DE
NÉSTOR BUSQUETS

montena

✳

Título original: *The Bad Beginning*
Diseño de la cubierta: Departamento de diseño
de Random House Mondadori
Directora de arte: Marta Borrell
Diseñadora: Judith Sendra

Publicado por Editorial Lumen, S. A.,
Travessera de Gràcia, 47-49. 08021 Barcelona

Reservados los derechos de edición en lengua
castellana para todo el mundo.

© Lemony Snicket, 2000
© de las ilustraciones: Brett Helquist, 2000
© de la traducción: Néstor Busquets, 2001

Segunda edición en U.S.A.: noviembre, 2004

ISBN: 0-307-20934-2
Printed in Spain

Distributed by Random House, Inc.

✳

Para Beatrice,
querida, encantadora, muerta.

Uno

Si estáis interesados en historias con un final feliz, será mejor que leáis otro libro. En éste, no sólo no hay un final feliz, sino que tampoco hay un principio feliz y muy pocos sucesos felices en medio. Es así porque no sucedieron demasiadas cosas felices en las vidas de los tres jovencitos Baudelaire. Violet, Klaus y Sunny Baudelaire eran niños inteligentes, y eran encantadores e ingeniosos, y tenían unas facciones agradables, pero eran extremadamente desafortunados, y la mayoría de las cosas que les ocurrieron estaban llenas de infortunio, miseria y desesperación. Siento tener que decíroslo, pero así transcurre la historia.

Su infortunio empezó un día en la Playa Salada. Los tres niños Baudelaire vivían con sus padres en una enorme mansión en el corazón de una ciudad sucia y muy ajetreada y, de vez en cuando, sus padres les daban permiso para tomar solos un desvencijado tranvía —la palabra «desvencijado», seguramente lo sabréis, significa aquí «inseguro» o «con posibilidad de escacharrarse»— hasta la playa, donde pasaban el día como si estuvieran de vacaciones, siempre y cuando regresaran a casa para la cena. Aquella mañana concreta, el día era gris y nublado, algo que no molestó lo más mínimo a los jovencitos Baudelaire. Cuando hacía calor y brillaba el sol, la Playa Salada estaba llena de turistas y era imposible encontrar un buen sitio donde colocar la toalla. Los días grises y nublados, los Baudelaire tenían la playa entera para ellos y podían hacer lo que quisiesen.

A Violet Baudelaire, la mayor, le gustaba hacer saltar las piedras en el agua. Como la mayoría de los catorceañeros, era diestra y las piedras volaban más lejos por el agua cuando utilizaba la mano derecha que cuando lo hacía con la izquierda. Mientras lanzaba piedras, miraba el horizonte y pensaba en algo que quería inventar. Cualquiera que conociese a Violet se hubiera dado cuenta de que estaba pensando intensamente, porque llevaba la larga melena recogida con una cinta para que no se le metiese en los ojos. Violet tenía el don de inventar y construir extraños aparatos, y su cerebro se veía inundado a menudo por imágenes de poleas, palancas y herramientas, y ella no quería que algo tan trivial como su cabello la distrajese. Aquella mañana pensaba en cómo construir un aparato que permitiese recuperar una piedra después de que la hubiese lanzado al océano.

A Klaus Baudelaire, el mediano, y el único chico, le gustaba examinar las criaturas de las charcas. Klaus tenía algo más de doce años y llevaba gafas, lo que le hacía parecer inteligente. *Era* inteligente. Los padres Baudelaire tenían una enorme biblioteca en su mansión, una habitación llena de miles de libros sobre casi todos los temas imaginables. Klaus, como sólo tenía doce años, no había leído todos los libros de la biblioteca de los Baudelaire, pero había leído muchos y había retenido mucha información de sus lecturas. Sabía cómo distinguir un caimán de un cocodrilo. Sabía quién mató a Julio César. Y sabía mucho de los viscosos animalitos de la Playa Salada, animales que en aquel instante estaba observando.

A Sunny Baudelaire, la pequeña, le gustaba morder cosas. Era una criaja, y muy pequeña para su edad, ligeramente más grande que una bota. Sin embargo, lo que le faltaba en tamaño lo compensaba con sus cuatro dientes, enormes y afilados. Sunny estaba en esa edad en la que uno se comunica básicamente mediante ininteligibles chillidos. Salvo cuando utilizaba las únicas palabras reales de su vocabulario, como «botella», «mamá» y «mordisco», la mayoría de la gente tenía problemas para entender lo que decía. Por ejemplo, aquella mañana estaba diciendo «¡Gack!» una y otra vez, lo que probablemente significaba: «¡Mira qué misteriosa figura emerge de la niebla!».

Así era, a lo lejos, en la playa, se podía ver una alta figura que se encaminaba hacia los niños

Baudelaire. Sunny llevaba un buen rato chillando y mirando aquella figura, cuando Klaus levantó la mirada del cangrejo con púas que estaba examinando y también la vio. Se acercó a Violet y le tocó el brazo, y ella dejó a un lado sus inventos.

—Mira eso —dijo Klaus, y señaló la figura.

Se estaba acercando y los niños pudieron ver algunos detalles. Tenía la estatura de un adulto, pero la cabeza era grande y más bien cuadrada.

—¿Qué te parece que es? —preguntó Violet.

—No lo sé —dijo Klaus entornando los ojos—, pero parece dirigirse hacia nosotros.

—Estamos solos en la playa —dijo Violet, un poco nerviosa—. No podría dirigirse hacia nadie más.

Sintió en su mano izquierda la piedra fina y suave que había estado a punto de lanzar lo más lejos posible. Le pasó por la cabeza lanzarla contra la figura, porque parecía muy aterradora.

—Sólo da un poco de miedo —dijo Klaus, como si acabase de leerle el pensamiento a su hermana—, por toda esa niebla.

Era verdad. Cuando la figura llegó hasta ellos, los chicos observaron con alivio que no se trataba de nadie aterrador, sino de alguien a quien conocían: el señor Poe. El señor Poe era amigo del señor y la señora Baudelaire, y los niños lo habían visto en muchas cenas. Una de las cosas que a Violet, Klaus y Sunny más les gustaba de sus padres era que no hacían salir a los niños cuando tenían invitados, sino que les permitían unirse a los adultos y participar en las conversaciones, siempre que ayudasen luego a recoger la mesa. Los niños se acordaban del señor Poe porque siempre estaba resfriado y constantemente se levantaba de la mesa y tenía un acceso de tos en la habitación contigua.

El señor Poe se sacó la chistera, que había hecho que su cabeza pareciese más alargada y cuadrada en la niebla, y se quedó de pie un momento, tosiendo con fuerza en un pañuelo blanco. Violet y Klaus avanzaron un paso para darle la mano y decirle cómo está usted.

—¿Cómo está usted? —dijo Violet.

—¿Cómo está usted? —dijo Klaus.

—¡Ke stá! —dijo Sunny.

—Bien, gracias —dijo el señor Poe, pero parecía muy triste.

Durante unos segundos nadie dijo nada y los niños se preguntaron qué estaba haciendo el señor Poe en la Playa Salada, cuando debería estar en el banco donde trabajaba. No iba vestido para la playa.

—Hace un día bonito —dijo Violet finalmente, para iniciar una conversación.

Sunny hizo un ruido parecido al de un pájaro enfadado, y Klaus la cogió y la sostuvo en sus brazos.

—Sí, hace un día bonito —dijo el señor Poe, mirando con aire ausente la playa vacía—. Mucho me temo que tengo noticias francamente malas para vosotros.

Los tres hermanos Baudelaire le miraron. Violet, un poco avergonzada, sintió la piedra en su mano izquierda y se alegró de no habérsela tirado.

—Vuestros padres —dijo el señor Poe— han fallecido en un terrible incendio.

Los niños no dijeron nada.

—Han fallecido —dijo el señor Poe— en un incendio que ha destruido toda la casa. Siento mucho tener que deciros esto, queridos míos.

Violet dejó de mirar al señor Poe y contempló el océano. Nunca antes el señor Poe había llamado a los chicos Baudelaire «queridos míos». Entendió las palabras que él estaba diciendo, pero pensó que debía de estar bromeando, gastándoles una broma terrible a ella y a su hermano y a su hermana.

—«Fallecido» —dijo gravemente el señor Poe— significa «muerto».

—Sabemos lo que significa la palabra «fallecido» —dijo Klaus malhumorado.

Sabía lo que significa la palabra «fallecido», pero seguía teniendo problemas en comprender exactamente lo que el señor Poe había dicho. Le parecía que, de algún modo, el señor Poe había dicho algo equivocado.

—Los bomberos llegaron, claro —dijo el señor Poe—, pero llegaron demasiado tarde. Toda la casa era pasto de las llamas. Ardió por completo.

Klaus imaginó todos los libros de la biblioteca quemándose. Ahora ya nunca podría leerlos todos.

El señor Poe tosió varias veces en su pañuelo antes de continuar:

–Me enviaron a buscaros aquí y a llevaros a mi casa, donde estaréis hasta que se nos ocurra algo. Yo soy el ejecutor testamentario de vuestros padres. Eso significa que me haré cargo de su enorme fortuna y pensaré dónde iréis vosotros. Cuando Violet sea mayor de edad, la fortuna será vuestra, pero el banco la guardará hasta que llegue ese día.

Había dicho que era el ejecutor testamentario, y Violet tuvo la sensación de que era realmente un «ejecutor», un verdugo. Se había acercado a ellos caminando por la playa y había cambiado sus vidas para siempre.

–Venid conmigo –dijo el señor Poe, y alargó la mano.

Para estrecharla, Violet tuvo que tirar la piedra. Klaus estrechó la otra mano de Violet y Sunny la otra mano de Klaus, y de esa forma los

tres niños Baudelaire —ahora huérfanos Baudelaire— se alejaron de la playa y de la vida que habían llevado hasta entonces.

Es inútil que os describa
lo mal que se sintieron
Violet, Klaus y Sunny el
tiempo que siguió. Si ha-
béis perdido a alguien muy
importante para vosotros,
ya sabéis lo que se siente;
y, si nunca habéis perdido
a nadie, no os lo podéis
imaginar. Para los ni-
ños Baudelaire, claro,
fue especialmente te-
rrible, porque ha-
bían perdido a
sus dos padres

a la vez, y durante varios días se sintieron tan desgraciados que apenas pudieron salir de la cama. Klaus casi perdió el interés por los libros. Los engranajes del inventivo cerebro de Violet parecieron detenerse. E incluso Sunny, que evidentemente era demasiado pequeña para entender de veras lo que ocurría, mordía las cosas con menos entusiasmo.

Y, claro, tampoco ayudaba lo más mínimo que hubiesen perdido también su casa y todas sus posesiones. Seguro que sabéis que cuando uno está en su propia habitación, en su propia cama, una situación triste puede mejorar un poco, pero las camas de los huérfanos Baudelaire se habían visto reducidas a escombros carbonizados. El señor Poe les había llevado a ver los restos de la mansión Baudelaire, para comprobar si algo se había salvado, y fue terrible: el microscopio de Violet se había fundido por el calor del fuego, el bolígrafo favorito de Klaus se había convertido en cenizas y todos los objetos mordibles de Sunny se habían derretido. Los niños pudieron ver aquí y allí restos de la enorme mansión que habían amado: fragmentos de su piano de cola, una elegante botella donde el señor Baudelaire guardaba brandy, el chamuscado cojín del sillón junto a la ventana donde a su madre le gustaba sentarse a leer.

Con su hogar destruido, los Baudelaire tuvieron que recuperarse de aquella terrible pérdida en casa de los Poe, que no era ni mucho menos agradable. El señor Poe casi nunca estaba en casa, porque andaba muy ocupado atendiendo los asuntos de los Baudelaire, y, cuando estaba, casi siempre tosía tanto que no podía mantener una conversación. La señora Poe compró para los huérfanos ropa de colores chillones y que además picaba. Los dos hijos de los Poe –Edgar y Albert– eran gritones y desagradables, y los Baudelaire tenían que compartir con ellos una habitación diminuta, que olía a alguna especie de asquerosa flor.

Pero, a pesar de ese entorno, los niños tuvieron sentimientos encontrados cuando, durante una aburrida cena de pollo hervido, patatas hervidas y habichuelas escaldadas –la palabra «escaldadas» significa aquí «hervidas»–, el señor Poe anunció que iban a abandonar su casa a la mañana siguiente.

–Bien –dijo Albert, al que se le había metido un trozo de patata entre los dientes–. Así podremos recuperar nuestra habitación. Estoy harto de compartirla. Violet y Klaus siempre están mustios, y no son nada divertidos.

–Y el bebé muerde –dijo Edgar, tirando un hueso de pollo al suelo, como si fuese un animal del zoo y no el hijo de un muy respetado miembro de la comunidad bancaria.

–¿Adónde iremos? –preguntó Violet, inquieta.

El señor Poe abrió la boca para decir algo, pero se echó a toser.

–He hecho los arreglos necesarios –dijo finalmente–, para que se haga cargo de vosotros un pariente lejano que vive al otro lado de la ciudad. Se llama Conde Olaf.

Violet, Klaus y Sunny se miraron sin tener demasiado claro qué pensar. Por un lado, no querían vivir con los Poe ni un día más. Pero, por otro, nunca habían oído hablar del Conde Olaf y no sabían cómo era.

—El testamento de vuestros padres —dijo el señor Poe— da instrucciones para que se os eduque de la forma más conveniente posible. Aquí, en la ciudad, conocéis el entorno que os rodea, y ese Conde Olaf es el único pariente que vive dentro de los límites de la ciudad.

Klaus pensó en ello durante un minuto, mientras tragaba un fibroso trozo de habichuela.

—Pero nuestros padres no nos hablaron nunca del Conde Olaf —dijo—. ¿Qué tipo de parentesco tiene exactamente con nosotros?

El señor Poe suspiró y miró a Sunny, que estaba mordiendo un tenedor y escuchando atentamente.

—Es un primo tercero sobrino cuarto o un primo cuarto sobrino tercero. No es vuestro pariente más cercano en el árbol familiar, pero sí geográficamente hablando. Y por eso...

—Si vive en la ciudad —dijo Violet—, ¿por qué nuestros padres no le invitaron nunca a casa?

—Posiblemente porque es un hombre muy ocupado —dijo el señor Poe—. Es actor de profesión y a menudo viaja por el mundo con varias compañías de teatro.

—Creí que era un conde —dijo Klaus.

—Es conde y es actor —dijo el señor Poe—. Bueno, no pretendo dar por finalizada la cena, pero tenéis que preparar vuestras cosas, y yo tengo que regresar al banco a trabajar un poco más. Como vuestro nuevo tutor legal, también estoy muy ocupado.

Los tres niños Baudelaire tenían muchas más preguntas para el señor Poe, pero éste ya se había levantado de la mesa y, con un leve movimiento de la mano, salió de la habitación. Le oyeron toser en su pañuelo, y la puerta de la entrada se cerró de golpe cuando salió de la casa.

—Bueno —dijo la señora Poe—, será mejor que los tres empecéis a hacer el equipaje. Edgar, Albert, por favor, ayudadme a recoger la mesa.

Los huérfanos Baudelaire se dirigieron al dormitorio y, taciturnos, recogieron sus pocas pertenencias. Klaus miraba con aversión todas las horribles camisas que la señora Poe le había comprado, las doblaba y las metía en una maletita. Violet paseó la mirada por la maloliente y estrecha habitación en la que habían estado viviendo. Y Sunny gateó solemne y mordió todos y cada uno de los zapatos de Edgar y Albert, dejando pequeñas marcas de sus dientes para que no la olvidasen. De vez en cuando, los chicos Baudelaire se miraban, pero su futuro se presentaba tan misterioso que no se les ocurría nada que decir. Cuando fue hora de acostarse, pasaron toda la noche dando vueltas en la cama y no durmieron apenas, desvelados por los fuertes ronquidos de Edgar y Albert y por sus propias preocupaciones. Finalmente, el señor Poe llamó a la puerta y asomó la cabeza.

—Levantaos, Baudelaires —dijo—. Ha llegado la hora de ir a casa del Conde Olaf.

Violet paseó la mirada por la habitación atestada y, a pesar de que no le gustaba, abandonarla la puso muy nerviosa.

—¿Nos tenemos que ir en este preciso instante? —preguntó.

El señor Poe abrió la boca para hablar, pero tuvo que toser varias veces antes de empezar.

—Sí, así es. Os voy a dejar de camino al banco y por eso tenemos que partir lo antes posible. Por favor, salid de la cama y vestíos —dijo de forma enérgica.

La palabra «enérgica» significa aquí «rápidamente, para hacer que los niños Baudelaire saliesen de la casa».

Los niños Baudelaire salieron de la casa. El coche del señor Poe recorría las adoquinadas calles de la ciudad en dirección al barrio donde vivía el Conde Olaf. Adelantaron a los carruajes tirados por caballos y a las motos, por la Avenida Desolada. Pasaron por la Fuente Voluble, un monumento elaboradamente esculpido que de vez en cuando echaba agua y donde jugaban los niños. Pasaron una enorme montaña de basura, donde antaño estuvieron los Jardines Reales. Al poco rato, el señor Poe dirigió su coche por una estrecha avenida de casas de ladrillo y se detuvo a mitad de la manzana.

—Ya hemos llegado —dijo el señor Poe, con una

voz que se esforzaba por parecer alegre–. Vuestro nuevo hogar.

Los niños Baudelaire miraron al exterior y vieron la casa más bonita de toda la manzana. Los ladrillos habían sido limpiados a conciencia y, a través de las enormes ventanas abiertas, se podía ver un surtido de plantas muy bien cuidadas. De pie frente a la puerta de entrada, con la mano en el brillante pomo de latón, había una mujer mayor, muy bien vestida, que sonreía a los niños. En una mano llevaba una maceta.

–¡Hola! –gritó–. Vosotros debéis ser los niños que el Conde Olaf ha adoptado.

Violet abrió la puerta del automóvil y salió para darle la mano a la mujer. Era cálida y firme, y, por primera vez desde hacía mucho tiempo, Violet sintió como si, después de todo, su vida y la de sus hermanos fuesen por buen camino.

–Sí –dijo–. Sí lo somos. Yo soy Violet Baudelaire y éstos son mi hermano Klaus y mi hermana Sunny. Y éste es el señor Poe, que, desde la muerte de nuestros padres, se ha ocupado de nuestras cosas.

—Sí, oí lo del accidente —dijo la mujer, y se presentó—: Yo soy Justicia Strauss.

—Es un nombre poco usual —observó Klaus.

—Es mi cargo —explicó ella—, no mi nombre. Trabajo de juez en el Tribunal Supremo.

—¡Qué fascinante! —dijo Violet—. ¿Y está casada con el Conde Olaf?

—Por Dios, no —dijo Justicia Strauss—. De hecho no le conozco mucho. Es el vecino de la casa de al lado.

Los niños pasaron la mirada de la impecable casa de Justicia Strauss a la ruinosa de al lado. Los ladrillos estaban cubiertos de hollín y mugre. Sólo había dos ventanas pequeñas; cerradas y con las cortinas echadas a pesar de que hacía un buen día. Elevándose por encima de las ventanas, una enorme torre sucia se ladeaba ligeramente hacia la izquierda. La puerta principal necesitaba una mano de pintura, y tallada en medio de ella había la imagen de un ojo. Todo el edificio se ladeaba ligeramente, como un diente torcido.

—¡Oh! —dijo Sunny.

Y todos supieron lo que quería decir. Quería decir: «¡Qué lugar más terrible! ¡No quiero vivir aquí ni un segundo!».

–Bueno, ha sido un placer conocerla –le dijo Violet a Justicia Strauss.

–Sí –dijo Justicia Strauss, señalando la maceta–. Quizás algún día podríais venir a mi casa y ayudarme en el jardín.

–Será un placer –dijo Violet, muy triste.

Evidentemente, sería un placer ayudar a Justicia Strauss en su jardín, pero Violet no podía evitar pensar que sería mucho más placentero vivir en casa de Justicia Strauss que en la del Conde Olaf. Se preguntaba qué clase de hombre tallaba la imagen de un ojo en su puerta.

El señor Poe se tocó el sombrero para saludar a Justicia Strauss, que sonrió a los niños y desapareció en el interior de su bonita casa. Klaus avanzó y llamó a la puerta del Conde Olaf, sus nudillos golpeando justo en medio del ojo tallado. Hubo una pausa y entonces la puerta se abrió con un chirrido y los niños vieron al Conde Olaf por primera vez.

—Hola hola hola —dijo el Conde Olaf en un sibilante susurro.

Era un hombre muy alto y muy delgado, vestido con un traje gris que tenía muchas manchas oscuras. No se había afeitado y, en lugar de tener dos cejas, como la mayoría de los seres humanos, tenía una sola, larguísima. Sus ojos eran muy, muy brillantes, y le daban un aspecto hambriento y enfadado.

—Hola, niños. Por favor, entrad en vuestra nueva casa, y limpiaos los pies fuera para que no entre barro.

Cuando entraron en la casa, el señor Poe detrás de ellos, los huérfanos Baudelaire se dieron cuenta de lo ridículo de lo que acababa de decir el Conde Olaf. La habitación en la que se encontraban era la más sucia que nunca habían visto, y un poco de barro del exterior no habría cambiado nada. Incluso a la tenue luz de la única bombilla que colgaba del techo, los tres niños pudieron ver que todo lo que había en aquella habitación estaba sucio, desde la cabeza disecada de un león clavada en la pared hasta el bol con manzanas mordisqueadas colocado encima de una mesa de madera. Klaus tuvo que hacer un esfuerzo para contener las lágrimas al mirar lo que le rodeaba.

—Parece que esta habitación necesita unos arreglillos —dijo el señor Poe examinando la habitación a oscuras.

—Soy consciente de que mi humilde hogar no es tan lujoso como la mansión Baudelaire —dijo el Conde Olaf—, pero quizás con un poco de vuestro dinero lo podamos dejar algo más bonito.

El señor Poe, sorprendido, abrió mucho los ojos y, antes de empezar a hablar, sus toses retumbaron en la oscura habitación.

—La fortuna de los Baudelaire —dijo con aspereza— no será utilizada para tales empresas. De hecho, no será utilizada en absoluto hasta que Violet sea mayor de edad.

El Conde Olaf se giró hacia el señor Poe con un fulgor de perro enfurecido en los ojos. Por un instante Violet pensó que iba a abofetear al señor Poe. Pero tragó saliva —los niños pudieron ver cómo su nuez recorría su delgada garganta– y se encogió de hombros.

–De acuerdo pues –dijo–. A mí me da lo mismo. Muchas gracias, señor Poe, por haberlos traído aquí. Niños, ahora os voy a enseñar vuestra habitación.

–Adiós, Violet, Klaus y Sunny –dijo el señor Poe, mientras se dirigía hacia la puerta–. Espero que aquí seáis muy felices. Os seguiré viendo de vez en cuando y, siempre que tengáis un problema, me podréis encontrar en el banco.

–Pero si ni siquiera sabemos dónde está el banco –dijo Klaus.

–Yo tengo un mapa de la ciudad –dijo el Conde Olaf–. Adiós, señor Poe.

Dio un paso adelante para cerrar la puerta, y los huérfanos Baudelaire estaban demasiado desesperados para dirigir una última mirada al señor Poe. Ahora los tres hubieran preferido quedarse en la casa del señor Poe, a pesar de que oliera mal. En lugar de mirar hacia la puerta, los huérfanos bajaron la mirada, y vieron que el Conde Olaf, aunque llevaba zapatos, no llevaba calcetines. Advirtieron que, en el espacio de piel pálida que quedaba entre el dobladillo del pantalón deshilachado y el zapato negro, el Conde Olaf tenía tatuada una imagen de un ojo, en el tobillo, a juego con el ojo de la puerta principal. Se preguntaron cuántos ojos más habría en la casa y si para el resto de sus días tendrían la sensación de que el Conde Olaf les estaba observando, incluso cuando no estuviera presente.

Tres

Yo *no* sé si os habréis dado cuenta, pero a menudo las primeras impresiones son absolutamente equivocadas. Por ejemplo, puedes mirar un cuadro por primera vez y que no te guste nada, pero, después de mirarlo un rato, te puede parecer muy agradable. La primera vez que pruebas el queso gorgonzola te puede parecer demasiado fuerte, pero, cuando eres mayor, es posible que no quieras comer otra cosa que queso gorgonzola. A Klaus, cuando nació Sunny, el bebé no le gustaba lo más mínimo, pero, cuando tuvo seis semanas, los dos eran uña y carne. Tu opinión inicial acerca de casi cualquier cosa puede cambiar con el paso del tiempo.

Me gustaría poder deciros que las primeras impresiones de los Baudelaire acerca del Conde Olaf y su casa fueron equivocadas, como suele ocurrir con las primeras impresiones. Pero estas impresiones –que el Conde Olaf era una persona horrible y su casa una deprimente pocilga– eran absolutamente acertadas. Durante los primeros días de la llegada de los huérfanos a la casa del Conde Olaf, Violet, Klaus y Sunny intentaron sentirse como en su casa, pero fue imposible. A pesar de que la casa del Conde Olaf era bastante grande, los tres niños fueron instalados juntos en un dormitorio asqueroso, que sólo tenía una cama pequeña. Violet y Klaus se turnaron para dormir en ella, de modo que cada noche uno de ellos estaba en la cama y el otro dormía en el suelo de madera, y el colchón era tan duro que se hacía difícil decir cual estaba más incómodo. Violet, para hacerle una cama a Sunny, arrancó las cortinas que colgaban de la única ventana del dormitorio y las amontonó, formando así una especie de colchón, justo lo bastante grande para su hermana. No obstante, sin cortinas en la ventana de marco agrietado, el sol entraba por la mañana, y los niños se levantaban todos los días temprano y doloridos. En lugar de armario, había una gran caja de madera, que antes había contenido una nevera y que ahora servía para que los niños guardasen apilada toda su ropa. En lugar de juguetes, libros u otras cosas para que los jóvenes se entretuvieran, el Conde Olaf les había proporcionado un montoncito de piedras. Y la única decoración de las desconchadas paredes era un cuadro enorme y horrible de un ojo, que hacía juego con el del tobillo del Conde Olaf y todos los de la casa.

Pero los niños sabían, como estoy seguro de que vosotros sabéis, que los peores sitios del mundo se pueden soportar si la gente que allí habita es interesante y amable. El Conde Olaf no era ni interesante ni amable; era exigente, enojadizo y olía mal. Lo único bueno que se podía decir de él era que no estaba demasiado a menudo

en casa. Cuando los niños se levantaban y saca-
ban sus ropas de la caja de la nevera, entraban en
la cocina y encontraban una lista de instrucciones que el Conde Olaf, que a menudo no apare-
cía hasta la noche, les había dejado. La mayor
parte del día la pasaba fuera de la casa, o en la torre, donde los niños tenían prohibido entrar. Las
instrucciones que les dejaba eran a menudo tareas difíciles, como volver a pintar el porche trasero o arreglar las ventanas y, en lugar de firmar,
el Conde Olaf dibujaba un ojo al pie de la nota.

Una mañana su nota decía: «Mi grupo de teatro vendrá a cenar antes de la actuación de esta
noche. Tened la cena lista para los diez a las siete
en punto. Comprad la comida, cocinadla, poned
la mesa, servid la cena, después limpiadlo todo y
manteneos alejados de nosotros». Al pie había el
ojo de costumbre y debajo de la nota una pequeña suma de dinero para comprar la comida.

Violet y Klaus leyeron la nota mientras in-
tentaban comer su desayuno, que consistía en
una harina de avena grisácea y llena de grumos,
que el Conde Olaf les dejaba cada mañana en

un cazo grande en el hornillo. Se miraron consternados.

—Ninguno de nosotros sabe cocinar —dijo Klaus.

—Es verdad —dijo Violet—. Yo sé reparar las ventanas y limpiar la chimenea, porque son el tipo de cosas que me interesan. Pero no sé cocinar nada, aparte de tostadas.

—Y a veces quemas las tostadas —dijo Klaus, y se echaron a reír.

Los dos se estaban acordando del día en que se habían levantado temprano para prepararles un desayuno especial a sus padres. Violet había quemado las tostadas, y sus padres, al oler el humo, habían corrido escaleras abajo para ver qué ocurría. Cuando vieron a Violet y a Klaus mirando tristemente unas rebanadas de pan chamuscadas, rieron y rieron, e hicieron pancakes para toda la familia.

—Ojalá estuvieran aquí —dijo Violet. No tuvo que explicar que se refería a sus padres—. Ellos nunca nos hubieran dejado en este espantoso lugar.

—Si ellos estuvieran aquí —dijo Klaus, y su voz se fue alzando a medida que se sentía más y más irritado—, para empezar, no estaríamos con el Conde Olaf. ¡*Odio* esto, Violet! ¡*Odio* esta casa! ¡*Odio* nuestra habitación! ¡*Odio* tener que hacer todas estas tareas y *odio* al Conde Olaf!

—Yo también le odio —dijo Violet, y Klaus miró a su hermana mayor con alivio. Algunas veces, sólo decir que odias algo y que alguien esté de acuerdo contigo puede hacer que te sientas mejor, a pesar de lo terrible de la situación—. Klaus, en este momento odio todo lo que nos pasa —dijo ella—, pero tenemos que mantener los espíritus elevados.

Era una expresión que su padre había utilizado a veces y que significaba «intentar estar alegres».

—Tienes razón —dijo Klaus—, pero es muy difícil mantener el espíritu elevado cuando el Conde Olaf no deja de hundirlo una y otra vez.

—¡Jiira! —gritó Sunny, y dio un golpe en la mesa con su cuchara de cereales.

Violet y Klaus dejaron su conversación y volvieron a mirar la nota del Conde Olaf.

—Quizá encontremos un libro de cocina y podamos leer cómo se cocina —dijo Klaus—. No debe ser tan difícil hacer una simple cena.

Violet y Klaus estuvieron varios minutos abriendo y cerrando los armarios de la cocina del Conde Olaf, pero no encontraron ningún libro de cocina.

—No puedo decir que me sorprenda —dijo Violet—. No hemos encontrado un solo libro en toda la casa.

—Lo sé —dijo Klaus con tristeza—. Echo mucho de menos leer. Algún día tenemos que salir a buscar una biblioteca.

—Pero no hoy —dijo Violet—. Hoy tenemos que cocinar para diez personas.

En aquel instante alguien llamó a la puerta principal. Violet y Klaus se miraron inquietos.

—¿Quién en este mundo querría visitar al Conde Olaf?— se preguntó Violet en voz alta.

—Quizás alguien quiere visitarnos a *nosotros* —dijo Klaus sin demasiadas esperanzas.

Desde la muerte de los padres de los Baudelaire, la mayoría de los amigos de los huérfanos Baudelaire se habían ido «quedando por el camino», expresión que aquí significa «habían dejado de llamar, de escribir y de pasar a verles, y les habían hecho sentirse muy solos». Ni yo ni vosotros, claro, haríamos algo parecido si alguna de las personas que conocemos estuviese pasándolo mal, pero es una triste realidad de la vida que, cuando alguien ha perdido a un ser querido, a veces los amigos le esquivan, justo en el momento en que su presencia es mucho más necesaria.

Violet, Klaus y Sunny se dirigieron lentamente hacia la puerta y miraron por la mirilla, que tenía forma de ojo. Se alegraron mucho al ver a Justicia Strauss, y abrieron la puerta.

—¡Justicia Strauss! —gritó Violet—. ¡Qué encantados estamos de verla!

Estaba a punto de añadir: «Pase, por favor», pero se dio cuenta de que probablemente Justicia Strauss no querría adentrarse en aquella habitación sucia y oscura.

—Perdonad que no haya venido antes —dijo Justicia Strauss, mientras los Baudelaire permanecían de pie en la entrada—. Quería saber cómo os habíais instalado, pero tenía un caso muy difícil en el Tribunal Supremo y me ocupaba la mayor parte del tiempo.

—¿Qué tipo de caso era? —preguntó Klaus.

Al habérsele privado de la lectura, estaba hambriento de nueva información.

—No puedo comentarlo —dijo Justicia Strauss—, porque es un caso oficial. Pero puedo deciros que tiene que ver con una planta venenosa y con el uso ilegal de la tarjeta de crédito de una persona.

—¡Yiika! —gritó Sunny, lo que parecía significar: «¡Qué interesante!», aunque, evidentemente, era imposible que Sunny entendiera lo que se estaba diciendo.

Justicia Strauss bajó la vista, miró a Sunny y rió.

—Yiika, sí señor —dijo, y se agachó para darle una palmadita a la niña en la cabeza.

Sunny cogió la mano de Justicia Strauss y la mordió con ternura.

—Eso quiere decir que usted le gusta —explicó Violet—. Muerde muy, muy fuerte si no le gustas o si quieres darle un baño.

—Ya veo —dijo Justicia Strauss—. Bueno, ¿y cómo os van las cosas? ¿Queréis algo?

Los niños se miraron y pensaron en todas las cosas que querían. Otra cama, por ejemplo. Una cuna adecuada para Sunny. Cortinas para la ventana de la habitación. Un armario en lugar de una caja de cartón. Pero, claro está, lo que más querían era no tener la más mínima relación con el Conde Olaf. Lo que más querían era volver a estar con sus padres otra vez, en su casa, pero eso, evidentemente, era imposible. Violet, Klaus y Sunny bajaron la mirada con tristeza mientras consideraban la pregunta. Finalmente, habló Klaus:

—¿Podríamos pedir prestado un libro de cocina? El Conde Olaf nos ha mandado hacer la cena esta noche para su grupo de teatro, y no hemos encontrado ningún libro de cocina en toda la casa.

—Por Dios —dijo Justicia Strauss—. Preparar la

cena para todo un grupo de teatro parece demasiado para pedírselo a unos niños.

—El Conde Olaf nos da muchas responsabilidades —dijo Violet.

Lo que quería decir era «el Conde Olaf es un hombre malvado», pero Violet era una chica bien educada.

—Bueno, ¿por qué no venís a mi casa —dijo Justicia Strauss— y buscáis un libro de cocina que os guste?

Los muchachos estuvieron de acuerdo, cruzaron la puerta y siguieron a Justicia Strauss hacia su bonita casa. Ella les guió a través de un elegante vestíbulo que olía a flores, entraron en una habitación enorme y, al ver lo que había en su interior, casi se desmayan de placer, sobre todo Klaus.

La habitación era una biblioteca. No una biblioteca pública, sino una biblioteca privada; o sea, una extensísima colección de libros pertenecientes a Justicia Strauss. Había estanterías y más estanterías en todas las paredes, desde el suelo hasta el techo, y más estanterías en medio de la habitación, todas ellas repletas de libros. El único sitio donde no había libros era una esquina, donde había unas sillas grandes y cómodas y una mesa de madera, con unas lámparas encima que parecían perfectas para leer. A pesar de que no era tan grande como la biblioteca de sus padres, era igual de acogedora, y los niños Baudelaire estaban emocionados.

—¡Caramba! —dijo Violet—. ¡Es una biblioteca maravillosa!

—Muchas gracias —dijo Justicia Strauss—. Llevo años reuniendo libros y estoy muy orgullosa de mi colección. Si los tratáis con cuidado, podéis usar todos mis libros, siempre que os apetezca. Vale, los libros de cocina están aquí, en la pared del este. ¿Les echamos una miradita?

—Sí —dijo Violet—, y después, si no le importa, me encantaría mirar cualquier libro que tratara de ingeniería mecánica. Me interesa muchísimo inventar cosas.

—Y a mí me gustaría hojear libros sobre lobos —dijo Klaus—. Últimamente me fascina el tema de los animales salvajes de América del Norte.

—¡Libro!— gritó Sunny, lo que significaba: «Por favor, no olvidéis coger un libro de dibujos para mí».

Justicia Strauss sonrió.

—Es un placer encontrar gente joven interesada en la lectura —dijo—. Pero creo que primero deberíamos elegir una buena receta para la cena, ¿no os parece?

Los niños asintieron y durante treinta minutos más o menos leyeron con detenimiento varios libros de cocina que Justicia Strauss les iba recomendando. Para deciros la verdad, los tres huérfanos sentían tal emoción al estar fuera de la casa del Conde Olaf y en aquella agradable biblioteca que estaban un poco distraídos y no eran capaces de concentrarse. Pero al final Klaus encontró una receta que parecía deliciosa y fácil de preparar.

—Escuchad esto —dijo—. «Puttanesca.» Es una salsa italiana para pasta. Todo lo que tenemos que hacer es meter en un cazo olivas, alcaparras, anchoas, ajo, perejil picado y tomates para hacer la salsa, y cocer los espaguetis.

—Parece fácil —dijo Violet.

Y los huérfanos Baudelaire se miraron. Quizá, con la amable Justicia Strauss y su biblioteca, a los niños les iba a resultar tan fácil montarse unas vidas agradables como preparar salsa puttanesca para el Conde Olaf.

Los huérfanos Baudelaire copiaron la receta de
la salsa puttanesca del libro en un trozo de papel
y Justicia Strauss fue tan amable
que les acompañó al mercado
para comprar los ingredien-
tes. El Conde Olaf no les
había dejado demasiado dinero, pero los niños pudieron comprar todo lo que
necesitaban. Compraron
olivas a un vendedor ca-
llejero, tras haber proba-
do diferentes varieda-
des y haber elegido las
que más les gustaban.

En una tienda de pasta escogieron unos tallarines de forma curiosa y le pidieron a la dependienta la cantidad necesaria para trece personas: las diez personas que había mencionado el Conde Olaf y ellos tres. En el supermercado, compraron ajo, que es una planta bulbosa y de gusto fuerte; anchoas, que son peces pequeños y salados; alcaparras, que son capullos de flor de un pequeño arbusto y saben de maravilla; y tomates, que de hecho son frutas y no vegetales como piensa la mayoría de la gente. Creyeron que sería apropiado servir postre y compraron varios sobres para hacer pudding. Los huérfanos pensaron que quizá, si preparaban una cena deliciosa, el Conde Olaf sería un poco más amable con ellos.

—Muchísimas gracias por habernos ayudado hoy —le dijo Violet a Justicia Strauss de camino a casa con sus hermanos—. No sé qué habríamos hecho sin usted.

—Parecéis muy listos —dijo Justicia Strauss—. Estoy segura de que se os habría ocurrido algo. Pero no deja de ser extraño que el Conde Olaf os haya pedido que preparéis una comida para tanta gente. Bueno, aquí estamos. Tengo que entrar y guardar los alimentos que he comprado. Espero, niños, que vengáis pronto a verme y a tomar prestados libros de mi biblioteca.

—¿Mañana? —dijo Klaus rápidamente—. ¿Podríamos venir mañana?

—No veo por qué no —dijo Justicia Strauss sonriendo.

—No puedo decirle lo mucho que se lo agradecemos —exclamó Violet con precaución. Con sus encantadores padres muertos y el Conde Olaf tratándolos de forma tan abominable, los tres niños no estaban acostumbrados a que los adultos fuesen amables con ellos y no estaban seguros de que no se les fuese a pedir nada a cambio—. Mañana, antes de que volvamos a utilizar su biblioteca, Klaus y yo estaremos encantados de llevar a cabo tareas en su casa. Sunny no es lo bastante mayor para trabajar, pero estoy segura de que podremos encontrar alguna forma de que la ayude.

Justicia Strauss sonrió a los tres niños, pero sus ojos estaban tristes. Alargó la mano y la posó en el pelo de Violet, y Violet se sintió más reconfortada de lo que se había sentido desde hacía bastante tiempo.

—Eso no será necesario —dijo Justicia Strauss—. Siempre seréis bienvenidos aquí.

Dio media vuelta y se metió dentro, y los huérfanos Baudelaire, después de quedarse un momento mirando la entrada de la casa de Justicia Strauss, entraron en la suya.

Violet, Klaus y Sunny se pasaron la mayor parte de la tarde preparando la salsa puttanesca de acuerdo con la receta. Violet tostó el ajo y limpió y cortó las anchoas. Klaus peló los tomates y deshuesó las olivas. Sunny golpeó un cazo con una cuchara de madera, mientras cantaba una canción bastante repetitiva que ella misma había compuesto. Y aquel fue el momento en que los tres niños se sintieron menos desgraciados desde su llegada a la casa del Conde Olaf. El olor de comida cocinándose es a menudo relajante y la cocina se volvió más acogedora a medida que la salsa hacía «chup, chup», que significa «se cocía a fuego lento». Los tres huérfanos hablaron de recuerdos agradables que tenían de sus padres y de Justicia Strauss, quien, los tres estaban de acuerdo, era una vecina maravillosa y en cuya biblioteca tenían pensado pasar mucho tiempo. Mientras hablaban, mezclaron y probaron el pudding de chocolate.

Justo cuando estaban poniendo el pudding en la nevera para que se enfriase, Violet, Klaus y Sunny oyeron un fuerte boom al abrirse la puerta principal, y seguro que no tengo que deciros quién había llegado a casa.

–¿Huérfanos? –gritó el Conde Olaf con su voz áspera–. ¿Dónde estáis, huérfanos?

–En la cocina, Conde Olaf –dijo Klaus–. Estamos acabando de preparar la cena.

–Más os vale –dijo el Conde Olaf y entró de golpe en la cocina. Miró a los tres niños Baudelaire con sus ojos muy, muy brillantes–. Mi grupo viene justo detrás de mí y están muy hambrientos. ¿Dónde está el rosbif?

–No hemos preparado rosbif –dijo Violet–. Hemos preparado salsa puttanesca.

–¿Qué? –dijo el Conde Olaf–. ¿No hay rosbif?

–Usted no nos dijo que quería rosbif –dijo Klaus.

El Conde Olaf se acercó más a los niños y parecía incluso más alto de lo que ya era. Sus ojos se pusieron todavía más brillantes y su única ceja se arqueó de ira.

–Al aceptar adoptaros –dijo– me he convertido en vuestro padre y, como padre vuestro, no soy alguien a quien se pueda tratar con poca seriedad. Os exijo que nos sirváis rosbif a mí y a mi grupo.

–¡No tenemos ni un pedazo! –gritó Violet–. ¡Hemos preparado salsa puttanesca!

–¡No! ¡No! ¡No! –gritó Sunny.

El Conde Olaf bajó la mirada y miró a Sunny que, de repente, había hablado. Dio un gruñido inhumano, la cogió violentamente con una mano y la levantó de forma que pudiera mirarla directamente a los ojos. No hace falta decir que Sunny estaba muy asustada, y empezó instantáneamente a llorar, demasiado asustada incluso para intentar morder la mano que la sostenía.

–¡Bájela inmediatamente, bruto! –gritó Klaus.

Saltó, intentando rescatar a Sunny de las garras del Conde, pero éste la sostenía demasiado arriba para que Klaus pudiese alcanzarla. El Conde Olaf miró a Klaus y esbozó una terrible sonrisa, mostrando mucho sus dientes, y levantó todavía más a Sunny, que seguía llorando. Parecía estar a punto de dejarla caer al suelo, cuando hubo un sonoro estallido de risas en la habitación contigua.

—¡Olaf! ¿Dónde está Olaf? —gritaron unas voces.

El Conde Olaf se detuvo, todavía con Sunny en el aire llorando, cuando miembros de su grupo teatral entraron en la cocina. Pronto atestó la habitación un surtido de personajes de aspecto extraño, de todas las formas y tamaños. Había un hombre calvo de nariz ganchuda, vestido con una ropa larga y negra. Había dos mujeres con las caras cubiertas de brillante polvo blanco, lo que las hacía parecer fantasmas. Detrás de las mujeres había un hombre con unos brazos muy largos y delgados, al final de los cuales tenía dos garfios en lugar de manos. Había una persona extremadamente gorda, que no tenía aspecto ni de hombre ni de mujer. Y, detrás de ella, de pie en la entrada, un grupo de personas que los niños no podían ver pero que prometían ser tan terroríficas como éstas.

—Aquí estás, Olaf —dijo una de las mujeres del rostro blanco—. ¿Qué demonios haces?

—Estoy enseñándoles un poco de disciplina a estos huérfanos —dijo el Conde Olaf—. Les pedí que preparasen la cena y todo lo que han hecho es una salsa asquerosa.

—No se puede tratar con delicadeza a los niños —dijo el hombre con las manos de garfio—. Hay que enseñarles a obedecer a los mayores.

El hombre alto y calvo miró a los niños.

—¿Son éstos —le preguntó al Conde Olaf— los niños ricos de los que me estabas hablando?

—Sí —dijo el Conde Olaf—. Son tan horribles que casi no soporto ni tocarlos.

Con estas palabras, bajó a Sunny, que todavía seguía llorando, al suelo. Y Violet y Klaus suspiraron tranquilos al ver que el Conde no la había tirado desde lo alto.

—No te culpo —dijo alguien en la puerta.

El Conde Olaf se frotó las manos como si hubiese estado sosteniendo algo repugnante y no a un niño.

—Bueno, basta de charla —dijo—. Supongo que nos comeremos su cena, a pesar de que lo hayan hecho todo mal. Seguidme al comedor y tomaremos una copita. Quizá para cuando estos mocosos nos sirvan, estaremos ya demasiado borrachos para que nos importe si es rosbif o no.

«¡Hurra!», gritaron algunos miembros del grupo y siguieron al Conde Olaf a través de la cocina en dirección al comedor. Nadie prestó la más mínima atención a los niños, si exceptuamos al hombre calvo, que se detuvo y miró fijamente a Violet.

—Eres guapa —dijo, tomándole la cara entre las manos—. Si yo estuviese en tu lugar, intentaría no hacer enfadar al Conde Olaf, a menos que quieras que te destroce esa bonita cara.

Violet se estremeció, y el hombre calvo emitió una risilla aguda y salió de la habitación.

Los niños Baudelaire, solos en la cocina, respiraban de forma entrecortada, como si acabasen de correr una larga distancia. Sunny siguió llorando, y Klaus observó que sus propios ojos también estaban empapados de lágrimas. Sólo Violet no lloraba, sino que temblaba levemente de miedo y rechazo, palabra que aquí significa «una desagradable mezcla de horror y desagrado». Durante unos instantes ninguno pudo hablar.

—Esto es terrible, terrible —acabó diciendo Klaus—. Violet, ¿qué podemos hacer?

—No lo sé —contestó ella—. Tengo miedo.

—Yo también —dijo Klaus.

—¡Hux! —dijo Sunny al dejar de llorar.

—¡Cenemos alguna cosilla! —gritó alguien desde el comedor, y el grupo de teatro empezó a dar golpes en la mesa a un ritmo constante, de modo extremadamente grosero.

—Será mejor que sirvamos la puttanesca —dijo Klaus—, o quién sabe lo que nos hará el Conde Olaf.

Violet pensó en lo que le había dicho el hombre calvo, lo de destrozarle la cara, y asintió. Los dos miraron el cazo de salsa borboteante, que tan bien les había hecho sentirse cuando la hacían y que ahora parecía una cuba de sangre. Y, dejando a Sunny en la cocina, entraron en el comedor, Klaus llevando una bandeja con los tallarines de curiosa forma, y Violet llevando el cazo de salsa puttanesca y un cucharón grande para servirla. El grupo de teatro hablaba y se desternillaba de risa, bebían una y otra vez de sus copas de vino, y no prestaban la más mínima atención a los huérfanos Baudelaire, que iban sirviendo la comida. A Violet le dolía la mano derecha de sostener el pesado cucharón. Pensó en cambiar de mano, pero, como era diestra, tenía miedo de derramar la salsa con su mano izquierda, algo que volvería a enfurecer al Conde Olaf. Miró tristemente el plato de Olaf y se encontró deseando haber comprado veneno en el mercado y haberlo puesto en la salsa puttanesca. Finalmente, Klaus y Violet acabaron de servir y regresaron a la cocina. Escucharon las risas salvajes y desbocadas del Conde Olaf y de su grupo de teatro y picotearon sus raciones; demasiado tristes para comer. Al poco rato, los amigos de Olaf volvieron a golpear la mesa, y los huérfanos salieron al comedor para recoger los platos y servir el pudding de chocolate. Para entonces era obvio que el Conde Olaf y sus socios habían bebido una buena cantidad de vino, estaban desplomados sobre la mesa y hablaban mucho menos. Finalmente, se pusieron en pie y volvieron a pasar por la cocina, en dirección a la salida, sin casi mirar a los niños. El Conde Olaf observó la habitación, que estaba llena de platos sucios.

—Como todavía no habéis limpiado todo esto —les dijo a los huérfanos—, supongo que os perdonaré que no asistáis a la actuación de esta noche. Pero, después de limpiar, os metéis directamente en las camas.

Klaus había estado mirando el suelo, intentando ocultar lo molesto que se sentía. Pero al oír aquello no pudo permanecer callado por más tiempo.

—¡Querrá decir *la* cama! —gritó—. ¡Sólo nos ha dado una cama!

Miembros del grupo quedaron paralizados al oír aquel estallido de furia, y miraron a Klaus y al Conde Olaf para ver qué iba a ocurrir a continuación. El Conde Olaf levantó su única ceja y sus ojos brillaron mucho, pero habló con calma.

—Si queréis otra cama —dijo—, mañana podéis ir a la ciudad y comprar una.

—Sabe perfectamente que no tenemos dinero —dijo Klaus.

—Claro que tenéis dinero —dijo el Conde Olaf y empezó a subir un poco la voz—. Sois herederos de una enorme fortuna.

—Ese dinero —dijo Klaus, recordando lo que había dicho el señor Poe— no se puede utilizar hasta que Violet sea mayor de edad.

El Conde Olaf se puso muy rojo. Durante un momento no dijo nada. Luego, con un repentino movimiento, se agachó y le dio una bofetada a Klaus. Klaus cayó al suelo, su rostro a pocos centímetros del ojo tatuado en el tobillo de Olaf. Las gafas se le cayeron y acabaron en un rincón. Era como si su mejilla izquierda, allí donde Olaf le había pegado, estuviese al rojo vivo. El grupo de teatro se echó a reír y algunos de ellos aplaudieron, como si el Conde Olaf hubiese hecho algo muy valiente en lugar de algo despreciable.

–Venga, amigos –dijo el Conde Olaf a sus compinches–. Vamos a llegar tarde a nuestra actuación.

–Si te conozco, Olaf –dijo el hombre manos de garfio–, encontrarás una forma de conseguir el dinero de los Baudelaire.

–Ya veremos –dijo el Conde Olaf, pero sus ojos brillaban como si ya tuviese una idea.

Hubo otro fuerte boom cuando la puerta se cerró detrás del Conde Olaf y de sus terribles amigos, y los niños Baudelaire se quedaron solos en la cocina. Violet se arrodilló al lado de Klaus y le abrazó, intentado así que se sintiese mejor. Sunny gateó hasta el lugar donde estaban las gafas, las cogió y se las llevó a su hermano. Klaus empezó a sollozar, no tanto de dolor como de rabia por la terrible situación en que se encontraban. Violet y Sunny lloraron con él, y siguieron llorando mientras lavaban los platos, y cuando apagaron las velas del comedor, y cuando se cambiaron de ropa y se pusieron a dormir, Klaus en la cama, Violet en el suelo, Sunny en su pequeño nido de cortinas. La luz de la luna se filtraba por la ventana y, si alguien hubiese entrado en el dormitorio de los huérfanos Baudelaire, habría visto llorar a los tres niños en silencio toda la noche.

Cinco

A menos que hayáis sido muy, muy afortunados, habréis experimentado sucesos en vuestra vida que os habrán hecho llorar. Así pues, a menos que hayáis sido muy, muy afortunados, sabréis que una buena y larga sesión de llanto a menudo puede haceros sentir mejor, aunque vuestras circunstancias no hayan cambiado lo más mínimo. Y eso les ocurrió a los huérfanos Baudelaire. Habiendo llorado toda la noche, se levantaron a la mañana siguiente como si se hubiesen quitado un peso de encima. Los tres niños sabían, obviamente, que seguían estando en una situación terrible, pero pensaban hacer algo para mejorarla.

La nota matutina del Conde Olaf les ordenaba cortar leña en el patio trasero, y Violet y Klaus, mientras zarandeaban el hacha y golpeaban los troncos para hacer trocitos pequeños, discutieron posibles planes de acción, mientras Sunny mordisqueaba meditabunda un trozo de madera.

—Está claro —dijo Klaus, pasándose el dedo por el horroroso cardenal que tenía en la mejilla donde Olaf le había golpeado— que no nos podemos quedar aquí por más tiempo. Prefiero buscarme la vida en la calle que vivir en este terrible lugar.

—Pero ¿quién sabe los infortunios que nos pueden suceder en la calle? —señaló Violet—. Aquí, por lo menos, tenemos un techo sobre nuestras cabezas.

—Ojalá el dinero de nuestros padres *pudiese* ser

utilizado ahora y no cuando seas mayor de edad —dijo Klaus—. Entonces podríamos comprar un castillo y vivir allí, con guardias armados patrullando a su alrededor para mantener alejados al Conde Olaf y a su grupo.

—Y yo podría tener un estudio grande donde hacer inventos —dijo Violet con melancolía. Dio un golpe de hacha y partió un tronco por la mitad—. Lleno de herramientas y poleas y cables y con un sofisticado sistema de ordenador.

—Y yo podría tener una enorme biblioteca —dijo Klaus—, tan agradable como la de Justicia Strauss, pero más enorme.

—¡Gibbo! —gritó Sunny, lo que parecía significar: «Y yo podría tener muchas cosas que morder».

—Pero entre tanto —dijo Violet—, tenemos que hacer algo para salir de esta situación.

—Quizá Justicia Strauss podría adoptarnos —sugirió Klaus—. Dijo que siempre seríamos bien recibidos en su casa.

—Pero se refería a ir de visita, o para utilizar su biblioteca —señaló Violet—. No se refería a *vivir*.

—Quizá si le explicásemos nuestra situación, aceptaría adoptarnos —dijo Klaus esperanzado.

Pero, cuando Violet le miró, supuso que aquello no tenía sentido. La adopción es una decisión muy importante, algo que no suele suceder de forma impulsiva. Estoy seguro de que vosotros habéis deseado en algún momento de vuestra vida haber sido educados por gente distinta a la que os está educando, pero en el fondo de vuestro corazón sabíais que las posibilidades eran mínimas.

—Creo que deberíamos ir a ver al señor Poe —dijo Violet—. Él nos dijo cuando nos trajo aquí que, si teníamos algo que preguntar, nos pusiésemos en contacto con él en el banco.

—No tenemos exactamente una pregunta —dijo Klaus—. Tenemos una queja.

Pensaba en el señor Poe, caminando hacia ellos en la Playa Salada, con su terrible mensaje. A pesar de que, evidentemente, el fuego no había sido culpa del señor Poe, Klaus era reticente a verle, porque tenía miedo de recibir más malas noticias.

–No se me ocurre nadie más con quien contactar –dijo Violet–. El señor Poe se ocupa de nuestros asuntos y estoy segura de que, si supiese lo horrible que es el Conde Olaf, nos sacaría de aquí al instante.

Klaus imaginó al señor Poe llegando en su coche y llevándose a los huérfanos Baudelaire a algún otro lugar y sintió un atisbo de esperanza. Cualquier lugar sería mejor que éste.

–De acuerdo –dijo–. Cortemos toda esta leña y vayamos al banco.

Vigorizados por el plan, los huérfanos Baudelaire cortaron con sus hachas a una velocidad alucinante y al poco rato ya habían acabado de cortar leña y estaban listos para ir al banco. Recordaron al Conde Olaf diciendo que tenía un mapa de la ciudad y lo buscaron concienzudamente, pero no pudieron encontrar ni rastro del mapa y concluyeron que debía de estar en la torre, donde tenían prohibido entrar. Así que, sin referencia alguna, los niños Baudelaire salieron en dirección al distrito financiero de la ciudad, con la esperanza de encontrar al señor Poe.

Después de caminar por el distrito de las carnicerías, el de las floristerías y el de los talleres de escultura, los tres niños llegaron al distrito financiero, y se detuvieron para tomar un refrescante trago de agua en la Fuente de las Fabulosas Finanzas. El distrito financiero consistía en varias calles anchas, con altos edificios de mármol a cada lado, todos ellos bancos. Primero fueron al Banco Confiable y luego al de Ahorros y Préstamos Fiables y luego a Servicios Financieros Subordinados, siempre preguntando por el señor Poe. Finalmente, una recepcionista de Subordinados les dijo que sabía que el señor Poe trabajaba al final de la calle, en Manejo de Dinero Fraudulento. El edificio era cuadrado y tenía un aspecto más bien normal, aunque, una vez dentro, los tres huérfanos se sintieron intimidados por la actividad frenética de las personas que corrían por aquella enorme sala con eco. Al final le preguntaron a un guardia uniformado si habían llegado al lugar indicado para hablar con el señor Poe, y éste les llevó a una oficina inmensa, con muchos archivos y sin ventanas.

–Bueno, hola –dijo el señor Poe con voz confundida.

Estaba sentado ante una mesa de despacho cubierta de papeles escritos a máquina, que parecían importantes y aburridos. Rodeando una pequeña fotografía enmarcada de su mujer y sus dos salvajes hijos, había tres teléfonos con luces parpadeantes.

–Pasad, por favor –les dijo.

–Gracias –dijo Klaus, dándole la mano al señor Poe.

Los jóvenes Baudelaire se sentaron en tres sillas grandes y cómodas.

El señor Poe abrió la boca para hablar, pero tuvo que toser en su pañuelo antes de empezar.

–Hoy estoy muy ocupado –dijo finalmente–. Así que no tengo demasiado tiempo para charlar. La próxima vez deberíais llamar antes de venir por aquí, y así os haré un hueco para llevaros a comer.

–Eso nos encantaría –dijo Violet– y sentimos no haberle contactado antes de venir, pero nos encontramos en una situación apurada.

–El Conde Olaf está loco –dijo Klaus, yendo directo al grano–. No nos podemos quedar con él.

–Le dio una bofetada a Klaus. ¿Ve el cardenal? –dijo Violet, pero, justo cuando hubo acabado de decir aquellas palabras, uno de los teléfonos sonó con un pitido fuerte y desagradable.

–Perdonadme –dijo el señor Poe y cogió el teléfono–. Poe al habla. ¿Qué? Sí. Sí. Sí. Sí. No. Sí. Gracias.

Colgó el teléfono y miró a los Baudelaire como si hubiese olvidado que estaban allí.

–Lo siento –dijo el señor Poe–, ¿de qué estábamos hablando? Oh, sí, el Conde Olaf. Siento que no tengáis una buena primera impresión de él.

–Sólo nos ha dado una cama –dijo Klaus.

–Nos encarga tareas difíciles.

–Bebe demasiado vino.

–Perdonadme –dijo el señor Poe cuando sonó otro teléfono–. Poe al habla –dijo–. Siete. Siete. Siete. Siete. Seis y medio. Siete. De nada.

Colgó, escribió rápidamente algo en sus papeles y miró a los niños.

—Lo siento —dijo—, ¿qué estabais diciendo acerca del Conde Olaf? Que os encargue algunas tareas no suena tan mal.

—Nos llama huérfanos.

—Tiene unos amigos terribles.

—Siempre nos está haciendo preguntas sobre nuestro dinero.

—¡Poko! —(eso lo dijo Sunny).

El señor Poe levantó las manos para indicar que ya había oído suficiente.

—Niños, niños —dijo—. Tenéis que daros tiempo para aclimataros a vuestro nuevo hogar. Sólo habéis estado unos días.

—Hemos estado lo suficiente para saber que el Conde Olaf es un hombre malo —dijo Klaus.

El señor Poe suspiró y miró a los tres niños. Su rostro era amable, pero no parecía creer lo que le estaban diciendo los huérfanos Baudelaire.

—¿Estáis familiarizados con el término latino «in loco parentis»? —preguntó.

Violet y Sunny miraron a Klaus. Era el más lector de los tres, él era el más dado a saber palabras de vocabulario y frases en otros idiomas.

—¿Algo acerca de trenes? —preguntó.

Quizá el señor Poe iba a llevarlos en tren a casa de otro pariente.

El señor Poe negó con la cabeza.

—«In loco parentis» significa «ejerciendo el papel de padre» —dijo—. Es un término legal y se aplica al Conde Olaf. Ahora que estáis bajo su cuidado, el Conde puede educaros utilizando cualquier método que le parezca apropiado. Siento que vuestros padres no os encargaran ninguna tarea doméstica, o que nunca les vierais beber un poco de vino, o que os gustaran más sus amigos que los del Conde Olaf, pero son cosas a las que os vais a tener que acostumbrar, porque el Conde Olaf está ejerciendo in loco parentis. ¿Entendido?

—¡Pero él *golpeó* a mi hermano! —dijo Violet—. ¡Mire su cara!

Mientras Violet hablaba, el señor Poe se sacó del bolsillo el pañuelo y, cubriéndose la boca, tosió varias veces. Tosió tan fuerte que Violet no pudo estar segura de que la había oído.

—Sea lo que sea lo que el Conde Olaf haya hecho –dijo el señor Poe, mirando uno de sus papeles y subrayando un número–, ha ejercido in loco parentis y yo no puedo hacer nada al respecto. Vuestro dinero estará bien protegido por mí y por el banco, pero los métodos paternos del Conde Olaf son cosa suya. Bueno, odio tener que despediros a toda prisa, pero tengo muchísimo trabajo.

Los niños se quedaron allí sentados, anonadados. El señor Poe levantó la mirada y se aclaró la garganta.

–«A toda prisa» –dijo– significa...

–Significa que no hará nada para ayudarnos –dijo Violet acabando la frase por él.

Temblaba de furia y frustración. Cuando uno de los teléfonos empezó a sonar, se levantó y salió de la habitación, seguida por Klaus, que llevaba en brazos a Sunny. Salieron del banco y se quedaron parados en mitad de la calle, sin saber qué hacer a continuación.

–¿Qué deberíamos hacer ahora? –preguntó Klaus con tristeza.

Violet se quedó mirando al cielo. Deseó poder inventar algo que los sacara de allí.

—Se está haciendo un poco tarde —dijo—. Lo mejor será que regresemos y ya pensaremos algo mañana. Quizá podamos pasar a ver a Justicia Strauss.

—Pero tú dijiste que ella no nos ayudaría —dijo Klaus.

—No para que nos ayude —dijo Violet—, para leer libros.

Es muy útil, cuando uno es joven, aprender la diferencia entre «literal» y «figurado». Si algo ocurre de forma literal, ocurre realmente; si algo ocurre de forma figurada, es *como* si estuviese ocurriendo. Si tú estás literalmente volando de alegría, por ejemplo, significa que estás saltando en el aire porque te sientes muy contento. Si, en sentido figurado, estás saltando de alegría, significa que estás tan contento que *podrías* saltar de alegría, pero que reservas tu energía para otros asuntos. Los huérfanos Baudelaire regresaron caminando al barrio del Conde Olaf y se detuvieron en casa de Justicia Strauss, quien les hizo pasar y les dejó escoger libros de su biblioteca. Violet escogió varios de inventos mecánicos,

Klaus de lobos y Sunny encontró un libro con muchas fotos de dientes. Entonces fueron a su habitación, se apretujaron en la cama y se pusieron a leer atenta y felizmente. En sentido *figurado* escaparon del Conde Olaf y de su miserable existencia. No escaparon *literalmente*, porque seguían estando en su casa y seguían siendo vulnerables a las malvadas maniobras in loco parentis de Olaf. Pero, al sumergirse en sus temas favoritos de lectura, se sintieron lejos de su difícil situación, como si hubiesen escapado. En la situación de los huérfanos, escapar en sentido figurado no era suficiente, claro está, pero al final de un cansado y desesperado día, eso ya era algo. Violet, Klaus y Sunny leyeron sus libros y, en el fondo de sus corazones, esperaban que su huida figurada acabara convirtiéndose en una huida literal.

✳

A la mañana siguiente, cuando los niños se arras-
traron medio dormidos desde su habitación hasta
la cocina, en lugar de encontrar una nota del Conde Olaf se encontraron al Conde Olaf en persona.

–Buenos días, huérfanos –dijo–. Tengo vuestra
harina de avena lista en los boles para vosotros.

Los niños se sentaron a la mesa de la cocina y
miraron inquietos sus desayunos. Si conocieseis
al Conde Olaf y éste de repente os sirviese el desayuno, ¿no temeríais que contuviese algo terrible, como veneno o cristal hecho añicos? Pero,
por el contrario, Violet, Klaus y Sunny encontraron frambuesas frescas mezcladas en sus ra-

ciones. Los huérfanos Baudelaire no habían comido frambuesas desde que murieron sus padres, y les encantaban.

—Gracias —dijo Klaus con precaución, cogiendo una frambuesa y examinándola.

Quizá se trataba de frambuesas venenosas que tenían el mismo aspecto que las deliciosas. El Conde Olaf, al ver que Klaus examinaba receloso las frambuesas, sonrió y cogió una del bol de Sunny. Mirando a los tres niños, se la metió en la boca y se la comió.

—¿No son deliciosas las frambuesas? —preguntó—. Eran mi fruto favorito cuando tenía vuestra edad.

Violet intentó imaginarse al Conde Olaf de joven, pero no pudo. Sus ojos brillantes, sus manos huesudas y su vaga sonrisa, todos aquellos rasgos parecían ser sólo propios de los adultos. Sin embargo, a pesar del temor que sentía, cogió su cuchara con la mano derecha y empezó a comer sus cereales. El Conde Olaf se había comido una, o sea que probablemente no eran venenosas y, en cualquier caso, estaba hambrienta. Klaus empezó también a comer, y Sunny, que se llenó la cara de cereales y frambuesas.

—Ayer recibí una llamada telefónica —dijo el Conde Olaf —del señor Poe. Me dijo que le habíais ido a ver.

Los niños intercambiaron miradas. Habían esperado que su visita fuese confidencial, una palabra que aquí significa «mantenida en secreto entre el señor Poe y ellos y no soplada al Conde Olaf».

—El señor Poe me dijo —prosiguió el Conde Olaf— que al parecer teníais algunas dificultades para ajustaros a la vida que yo tan de buen grado os he proporcionado. Me duele mucho oír eso.

Los niños miraron al Conde Olaf. Su rostro estaba muy serio, como si *estuviese* muy apenado por lo que había oído, pero sus ojos estaban claros y brillantes, como cuando alguien está contando un chiste.

—¿Sí? —dijo Violet—. Lamento mucho que el señor Poe le haya molestado.

—Pues yo me alegro de que lo hiciese —dijo el Conde Olaf—, porque, ahora que soy vuestro padre, quiero que los tres os sintáis aquí como en casa.

Los niños se estremecieron al oír aquello, recordando a su amable padre y mirando con tristeza al pobre sustituto que estaba sentado a la mesa con ellos.

–Últimamente –dijo el Conde Olaf– he estado muy agobiado por mis actuaciones con el grupo de teatro, y creo que igual he sido un poco reservado.

La palabra «reservado» es maravillosa, pero no describe el comportamiento del Conde Olaf con los niños. Significa «comedido, discreto», y puede aplicarse a alguien que, durante una fiesta, se queda en un rincón y no habla con nadie. *No* puede aplicarse a alguien que proporciona una sola cama para que duerman tres personas, las obliga a realizar terribles tareas y les da bofetadas. Hay muchas palabras para esa clase de gente, pero «reservado» no es una de ellas. Klaus conocía la palabra «reservado» y casi se echó a reír ante el uso incorrecto que hacía de ella el Conde Olaf. Pero su rostro ostentaba todavía un moratón, y permaneció en silencio.

–Por consiguiente, para haceros sentir un poco más como en casa, me gustaría que participaseis en mi próxima obra. Quizá, si formaseis parte de mi trabajo, tendríais menos ganas de correr a quejaros al señor Poe.

–¿De qué modo participaríamos? –preguntó Violet.

Pensaba en todas las tareas que ya llevaban a cabo para el Conde Olaf y no le apetecía aumentarlas.

–Bueno –dijo el Conde Olaf, y sus ojos brillaban con fuerza–, la obra se llama *La boda maravillosa* y es del gran dramaturgo Al Funcoot. Sólo haremos una representación, este viernes por la noche. Mi papel es el de un hombre muy valiente e inteligente. Al final, se casa con la hermosa joven a la que ama, delante de una multitud de personas que les aclaman. *Tú*, Klaus, y *tú*, Sunny, seréis dos de esas personas.

–Pero somos más bajos que la mayoría de los adultos –dijo Klaus–. ¿No le parecerá eso extraño al público?

–Seréis dos enanos que asisten a la boda –dijo Olaf pacientemente.

–¿Y yo qué haré?– preguntó Violet–. Soy muy hábil con las herramientas y podría ayudar a construir el decorado.

–¿Construir el decorado? No, por Dios –dijo el Conde Olaf–. Una niña bonita como tú no debería trabajar entre bastidores.

–Pero me *gustaría*.

La única ceja del Conde Olaf se levantó levemente, y los huérfanos Baudelaire reconocieron el signo de su enfado. Pero él se esforzó en permanecer tranquilo y la ceja volvió a bajar.

–Tengo un papel importante para ti en el escenario –dijo–. Serás la joven con quien me voy a casar.

Violet sintió que los cereales y las frambuesas se removían en su estómago, como si acabase de coger la gripe. Ya era bastante malo tener al Conde Olaf ejerciendo in loco parentis y presentándose como su padre, pero tener que considerar a aquel hombre su marido, aunque fuese en una obra teatral, resultaba todavía más espantoso.

–Es un papel *muy* importante –prosiguió el Conde, su boca curvándose en una sonrisa poco convincente—, a pesar de que no tienes más texto que «sí quiero», que es lo que dirás cuando Justicia Strauss te pregunte si quieres casarte conmigo.

—¿Justicia Strauss? —dijo Violet—. ¿Qué tiene ella que ver en esto?

—Ha aceptado interpretar el papel del juez —dijo el Conde Olaf, y detrás de él, uno de los ojos pintados en las paredes de la cocina observaba fijamente a los niños Baudelaire—. Le pedí a Justicia Strauss que participase, porque quiero ser tan buen vecino como buen padre.

—Conde Olaf —dijo Violet, y se detuvo. Quería argumentar sus razones para no ser la novia, pero no quería hacerle enfadar—. *Padre* —dijo—, no estoy segura de tener el talento necesario para actuar como profesional. Odiaría desacreditar su buen nombre y el de Al Funcoot. Además, estas próximas semanas estaré muy ocupada trabajando en mis inventos, y aprendiendo a preparar rosbif —añadió rápidamente, recordando cómo se había comportado el Conde el día de la cena.

El Conde Olaf alargó una de sus delgadas

manos, golpeó a Violet en la barbilla y la miró fijamente a los ojos.

—*Lo harás* —dijo—, participarás en la representación. Hubiera preferido que lo hicieses de manera voluntaria, pero, como creo que os explicó el señor Poe, puedo ordenaros que participéis y *tenéis que obedecer*.

Las uñas sucias y afiladas de Olaf arañaron suavemente la barbilla de Violet, y ella se estremeció. La habitación quedó muy, muy tranquila después de que Olaf se hubiese mostrado finalmente como era. Entonces se levantó y se fue, sin decir palabra. Los niños Baudelaire oyeron sus pesados pasos subir las escaleras que llevaban a la torre donde tenían prohibido entrar.

—Bueno —dijo Klaus dubitativo—, supongo que no nos hará ningún daño figurar en la obra. Parece ser muy importante para él y nosotros queremos que esté a buenas con nosotros.

—Pero seguro que trama algo —dijo Violet.

—No crees que estas frambuesas estén envenenadas, ¿verdad? —preguntó Klaus asustado.

–No –dijo Violet–. Olaf anda tras la fortuna que nosotros heredaremos. Matarnos no le serviría de nada.

–Pero ¿de qué le sirve meternos en su estúpida obra?

–No lo sé –admitió Violet con tristeza.

Se levantó y empezó a lavar los boles del desayuno.

–Ojalá supiéramos algo más acerca de las leyes de herencia –dijo Klaus–. Apostaría a que el Conde Olaf ha urdido un plan para hacerse con nuestro dinero, pero no sé cuál.

–Supongo que se lo podríamos preguntar al señor Poe –dijo Violet dubitativa, mientras Klaus se ponía a su lado y secaba los platos–. Conoce todas esas frases legales en latín.

–Pero probablemente el señor Poe llamaría otra vez al Conde Olaf y entonces éste sabría que andábamos tras él. Quizá deberíamos intentar hablar con Justicia Strauss. Ella es juez y seguro que lo sabe todo sobre las leyes.

–También es la vecina de Olaf y quizá le diga que le hemos hecho preguntas.

Klaus se quitó las gafas, algo que hacía a menudo cuando estaba pensando con intensidad.

–¿Cómo podríamos saber algo de las leyes sin que Olaf se enterara?

–¡Libro!– gritó Sunny de repente.

Probablemente quería decir algo como: «¿Alguien podría por favor lavarme la cara?», pero hizo que Violet y Klaus se miraran. *Libro*. Ambos estaban pensando lo mismo: seguramente Justicia Strauss tendría un libro sobre las leyes de herencia.

–Y el Conde Olaf no nos ha dejado encargada ninguna tarea –dijo Violet–, y supongo que somos libres de ir a visitar a Justicia Strauss y su biblioteca.

Klaus sonrió.

–Sí –dijo–. Y, mira, creo que hoy no voy a escoger un libro sobre lobos.

–Yo tampoco de ingeniería mecánica. Creo que me gustará leer sobre las leyes de herencia.

–Bueno, vamos allá –dijo Klaus–. Justicia Strauss dijo que podíamos ir pronto y no queremos ser *reservados*.

Al mencionar la palabra que el Conde Olaf había utilizado de forma tan ridícula, los huérfanos Baudelaire se echaron a reír, incluso Sunny, que evidentemente no tenía un vocabulario demasiado amplio. Colocaron rápidamente los boles de cereales limpios en el armario de la cocina, que les observaba con sus ojos pintados. Entonces los tres chicos corrieron hasta la puerta de al lado. Para el viernes, día de la actuación, faltaban pocos días y los niños querían desvelar el plan del Conde Olaf lo antes posible.

Siete

Hay muchos, muchos tipos de libros en el mundo, lo cual tiene sentido porque hay muchas, muchas clases de personas y todas quieren leer algo diferente. Por ejemplo, la gente que odia las historias en las que ocurren cosas horribles a niños pequeños debería cerrar este libro de inmediato. Pero un tipo de libro que a casi nadie le gusta leer es un libro sobre leyes. Los libros sobre leyes son muy largos, muy aburridos y muy difíciles. Es una de las razones por las que muchos abogados ganan tanto dinero. El dinero es un incentivo —la palabra «incentivo» significa aquí «recompensa ofrecida para que hagas algo que no quieres hacer»– para leer libros largos, aburridos y difíciles.

Los niños Baudelaire, claro, tenían un incentivo ligeramente distinto para leer esos libros. Su incentivo no era el dinero, sino evitar que el Conde Olaf les hiciese algo horrible para conseguir mucho dinero. Pero, a pesar de este incentivo, leer los libros de leyes de Justicia Strauss fue una tarea muy, muy, muy difícil.

–Dios mío –dijo Justicia Strauss, al entrar en la biblioteca y ver lo que estaban leyendo. Les había abierto la puerta, pero se había ido a seguir trabajando en su jardín, dejando a los huérfanos Baudelaire solos en su magnífica biblioteca–. Creí que estabais interesados en la ingeniería mecánica, los animales de Norteamérica y los dientes. ¿Estáis seguros de querer leer esos larguísimos libros de leyes? Ni siquiera a mí me gusta leerlos, y eso que trabajo en leyes.

–Sí –mintió Violet–, me parecen muy interesantes, Justicia Strauss.

–Y a mí también –dijo Klaus–. Violet y yo estamos considerando estudiar la carrera de leyes y por eso nos fascinan esos libros.

—Bueno —dijo Justicia Strauss—. No es posible que Sunny esté interesada. Quizá le gustaría ayudarme en el jardín.

—¡Uipi! —gritó Sunny, lo que significaba: «Prefiero la jardinería que estar aquí sentada mirando cómo mis hermanos leen con dificultad libros de leyes».

—Asegúrese de que no coma tierra —dijo Klaus, al entregarle Sunny a la juez.

—Claro —dijo Justicia Strauss—. No queremos que esté enferma para la gran actuación.

Violet y Klaus intercambiaron una mirada.

—¿Está ilusionada con la obra? —preguntó Violet indecisa.

A Justicia Strauss se le iluminó la cara.

—Oh sí —dijo—. Siempre he querido subirme a un escenario, desde que era niña. Y ahora el Conde Olaf me da la oportunidad de vivir mi sueño. ¿No os emociona formar parte de una representación?

—Supongo —dijo Violet.

—Claro que sí —dijo la juez Strauss, los ojos como estrellas y con Sunny en brazos.

Salió de la biblioteca, y Klaus y Violet se miraron y suspiraron.

—Es una apasionada del teatro —dijo Klaus—. No creerá que el Conde Olaf está tramando algo, pase lo que pase.

—De todas forma, no nos ayudaría —señaló Violet con tristeza—. Es juez y nos soltaría el discurso de in loco parentis, como el señor Poe.

—Por eso tenemos que encontrar una razón legal para detener la función —dijo Klaus con firmeza—. ¿Has encontrado algo en tu libro?

—Nada que nos sirva —dijo Violet, repasando un trozo de papel donde había estado tomando notas—. Hace cincuenta años hubo una mujer que dejó una enorme suma de dinero a su comadreja y nada a sus tres hijos. Los tres hijos intentaron demostrar que la mujer estaba loca, para conseguir el dinero.

—¿Qué ocurrió? —preguntó Klaus.

—Creo que la comadreja murió, pero no estoy segura. Tengo que buscar algunas palabras.

—De todas formas, no creo que nos sirva para nada.

—Quizá el Conde Olaf intente demostrar que *nosotros* estamos locos, para quedarse así con el dinero.

—Pero, ¿por qué iba a demostrar que estábamos locos el hecho de actuar en *La boda maravillosa?*— preguntó Klaus.

—No lo sé —admitió Violet—. Estoy atascada. ¿Tú has encontrado algo?

—Más o menos en la misma época de tu mujer de la comadreja —dijo Klaus, hojeando el enorme libro que había estado leyendo—, un grupo de actores dio una representación del *Macbeth* de Shakespeare, y ninguno de ellos llevaba ropa.

Violet se sonrojó.

—¿Quieres decir que todos estaban desnudos en el escenario?

—Sólo poco rato —dijo Klaus sonriendo—. Llegó la policía y dio por terminada la función. Tampoco creo que esto nos sea de mucha ayuda. Simplemente era interesante.

Violet suspiró.

—Quizá el Conde Olaf no está tramando nada —dijo—. A mí no me interesa actuar en su obra, pero quizá todos estemos inquietos por nada. Quizá el Conde Olaf sólo *esté* intentando darnos la bienvenida a su familia.

—¿Cómo puedes decir eso? —gritó Klaus—. Me dio una bofetada.

—Pero no hay forma alguna de que se apropie de nuestra fortuna haciéndonos actuar en una obra. Tengo los ojos cansados de leer estos libros, Klaus, y no nos sirven de nada. Voy a ayudar a Justicia Strauss en el jardín.

Klaus vio que su hermana salía de la biblioteca y le invadió una ola de desesperación. El día de la representación no estaba lejos, y él ni siquiera había averiguado lo que tramaba el Conde Olaf, y no digamos discurrir la forma de impedirlo. Klaus había creído toda su vida que, si leía los libros suficientes, podría resolver cualquier problema, pero ahora no estaba tan seguro.

—¡Oye tú! —una voz procedente de la puerta apartó a Klaus de sus pensamientos—. El Conde Olaf me envía a buscarte. Tienes que regresar a casa enseguida.

Klaus dio media vuelta y vio a uno de los miembros del grupo de teatro, el que tenía garfios en lugar de manos, de pie en la entrada.

—Y, además, ¿qué estás haciendo en esta vieja y húmeda habitación? —le preguntó gruñendo, acercándose a él y forzando mucho la vista para leer el título de uno de los libros—. *¿Leyes de herencia y sus implicaciones?* —dijo bruscamente—. ¿Por qué estás leyendo eso?

—¿Por qué cree que lo estoy leyendo?

—Yo te diré lo que creo —el hombre puso uno de sus terribles garfios en el hombro de Klaus—. Creo que nunca más te deberían permitir entrar en esta biblioteca, o como mínimo no hasta el viernes. No queremos que un niño pequeño tenga grandes ideas. Bueno, ¿dónde está tu hermana y ese horrible bebé?

—En el jardín —dijo Klaus, quitándose el garfio del hombro—. ¿Por qué no sale a buscarlos?

El hombre se agachó hasta que su rostro estuvo a pocos centímetros del de Klaus, tan cerca que los rasgos se volvieron borrosos.

—Escúchame atentamente, chiquillo —dijo, lle-

nando de vapor las gafas de Klaus con cada palabra–. La única razón por la que el Conde Olaf
no os ha abierto en canal es que no ha conseguido apoderarse de vuestro dinero. Os permite vivir mientras ultima sus planes. Pero pregúntate
lo siguiente, ratoncito de biblioteca: ¿por qué razón tendría que dejaros con vida una vez haya
conseguido vuestro dinero? ¿Qué crees que os
ocurrirá entonces?

Klaus sintió que un escalofrío le recorría todo
el cuerpo al oír hablar a aquel hombre horrible.
Nunca en su vida había estado tan aterrorizado.
De repente vio que sus brazos y sus piernas tem-
blaban descontrolados, como si estuviese su-
friendo una especie de ataque. Su garganta emitía
extraños sonidos, como Sunny, mientras luchaba
por encontrar algo que decir.

–Ah... –se oyó decir Klaus a sí mismo–. Ah...

–Cuando llegue el momento –dijo el hombre
manos de garfio sin alterarse ni hacer caso de los
ruidos que hacía Klaus–, creo que el Conde Olaf
os dejará en mis manos. Así que, en tu lugar, yo
empezaría a ser un pelín más amable.

El hombre se puso en pie y colocó sus dos garfios frente al rostro de Klaus, dejando que la luz de las lámparas de lectura se reflejase en aquellos aparatos de aspecto malévolo.

–Ahora, si me perdonas –dijo–, tengo que ir a por tus pobres hermanas huérfanas.

Klaus sintió que su cuerpo perdía la rigidez cuando el hombre manos de garfio salió de la habitación, y quiso permanecer allí sentado un momento y recuperar el aliento. Pero su mente no se lo permitió. Aquellos eran sus últimos instantes en la biblioteca y quizá su última oportunidad de frustrar el plan del Conde Olaf. Pero ¿qué hacer? Al oír a lo lejos al hombre manos de garfio hablando con Justicia Strauss en el jardín, Klaus miró frenéticamente por la biblioteca en busca de algo que pudiese serle de ayuda. Entonces, cuando oía ya los pasos del hombre dirigiéndose hacia donde él se encontraba, Klaus descubrió un libro y rápidamente se apoderó de él. Se sacó la camisa por fuera de los pantalones, metió el libro dentro del pantalón y volvió a meterse la camisa, justo cuando el hombre manos de garfio volvía a entrar en la biblioteca, seguido por Violet y con Sunny en brazos, que estaba intentando, sin conseguirlo, morder los garfios del hombre.

—Estoy listo —dijo Klaus a toda prisa, y salió por la puerta antes de que el hombre pudiese mirarlo con calma.

Caminó rápidamente delante de sus hermanas, esperando que nadie se diese cuenta del bulto que hacía el libro debajo de su camisa. Quizá, sólo quizá, el libro que Klaus estaba ocultando podía salvarles las vidas.

Ocho

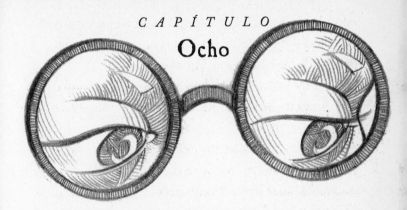

Klaus se quedó toda la noche leyendo, algo que normalmente le encantaba. Cuando sus padres estaban vivos, Klaus solía llevarse una linterna a la cama, se ocultaba bajo las sábanas y leía hasta que ya no podía mantener los ojos abiertos. Algunas mañanas su padre entraba en la habitación de Klaus para despertarlo, y le encontraba dormido con la linterna en una mano y un libro en la otra. Pero aquella noche en concreto, claro, las circunstancias eran muy distintas.

Klaus se quedó junto a la ventana, entrecerrando los ojos para leer el libro que había cogido a escondidas a la luz de la luna que iluminaba tenuemente la habitación. De vez en cuando miraba a sus hermanas. Violet dormía intermitentemente —palabra que aquí significa «revolviéndose mucho»— en la incómoda cama, y Sunny se había acurrucado en las cortinas de tal modo que parecía un montoncito de ropa. Klaus no había hablado a sus hermanas del libro, porque no quería darles falsas esperanzas. No estaba seguro de que les ayudara a salir del conflicto.

Era largo y difícil de leer, y Klaus se fue cansando y cansando más y más a medida que transcurría la noche. De vez en cuando se le cerraban los ojos. Se encontró leyendo la misma frase una y otra vez. Se encontró leyendo la misma frase una y otra vez. Se encontró leyendo la misma frase una y otra vez. Pero entonces se acordaba de cómo habían brillado los garfios del socio del Conde Olaf en la biblioteca, y se los imaginaba atravesando su piel, y despertaba de golpe y seguía leyendo. Encontró un trozo de papel que rompió a tiras, y lo utilizó para marcar partes importantes del libro.

Para cuando la luz del exterior se volvió gris al

acercarse el amanecer, Klaus había encontrado todo cuanto necesitaba saber. Sus esperanzas emergieron con el sol. Finalmente, cuando los pájaros empezaban a cantar, Klaus se dirigió de puntillas hasta la puerta del dormitorio y la abrió con cuidado, para no despertar a la inquieta Violet o a Sunny, que seguía escondida entre las cortinas. Se dirigió hacia la cocina y se sentó a esperar al Conde Olaf.

No tuvo que esperar demasiado antes de oír que Olaf bajaba ruidosa y pesadamente las escaleras de la torre. Cuando el Conde Olaf entró en la cocina, vio a Klaus sentado a la mesa y sonrió, palabra que aquí significa «sonrió de forma poco amistosa y falsa».

—Hola, huérfano —dijo—. Te has levantado temprano.

El corazón de Klaus latía muy deprisa, pero él aparentaba calma, como si llevase una armadura invisible.

—He estado despierto toda la noche —dijo—, leyendo este libro —dejó el libro en la mesa para que Olaf pudiera verlo—. Se llama *Leyes nupcia-*

les, y leyéndolo he aprendido muchas cosas interesantes.

El Conde Olaf había sacado una botella de vino para servirse un poco como desayuno, pero al ver el libro se detuvo y se sentó.

—La palabra «nupcial» —dijo Klaus—, significa «relacionado con el matrimonio».

—*Sé* lo que significa esa palabra —gruñó el Conde Olaf—. ¿De dónde has sacado ese libro?

—De la biblioteca de Justicia Strauss —dijo Klaus—. Pero eso no importa. Lo importante es que he descubierto su plan.

—¿Ah sí? —dijo el Conde Olaf, su única ceja levantada—. ¿Y cuál es mi plan, sinvergüenza?

Klaus desoyó el insulto y abrió el libro por el punto donde había una de las tiras de papel.

—«Las leyes de matrimonio en esta comunidad son muy simples.» —Leyó en voz alta—. «Los requisitos son los siguientes: la presencia de un juez, una declaración de "sí quiero" por parte de la novia y el novio, y la firma de puño y letra de la novia en un documento.» —Klaus dejó el libro y señaló al Conde Olaf—. Si mi hermana dice «sí quiero» y firma un trozo de papel mientras Justicia Strauss está en la sala, estará legalmente casada. Esta obra que usted monta no se debería llamar *La boda maravillosa*. Se debería llamar *La boda amenazadora*. No va a casarse con Violet en sentido figurado: ¡va a casarse con ella literalmente! Esta obra no será fingida; será real y de obligatoriedad jurídica.

El Conde Olaf emitió una risa fuerte y ronca.

–Tu hermana no es lo suficiente mayor para casarse.

–Se puede casar si tiene el permiso de su tutor legal, actuando in loco parentis –dijo Klaus–. También he leído eso. No puede engañarme.

–¿Por qué diablos querría yo casarme con tu hermana? –preguntó el Conde Olaf–. Cierto que es muy guapa, pero un hombre como yo puede conseguir cuantas mujeres hermosas desee.

Klaus se dirigió a otro capítulo de *Leyes nupciales*.

–«Un marido legal» –leyó en voz alta– «tiene derecho a controlar todo el dinero que su mujer legal posea.» –Klaus miró triunfante al Conde

Olaf—. ¡Se va a casar con mi hermana para obtener el control sobre la fortuna Baudelaire! O, como mínimo, eso era lo que tenía *planeado*. Pero, cuando le enseñe esta información al señor Poe, su obra *no* se representará, ¡y usted irá a la cárcel!

Los ojos del Conde Olaf se pusieron muy brillantes, pero siguió sonriendo. Era sorprendente. Klaus había supuesto que, una vez le hubiese anunciado lo que sabía, aquel hombre horrible se enfurecería, incluso se pondría violento. Después de todo, había tenido un ataque de ira sólo porque quería rosbif en lugar de salsa puttanesca. Seguro que se iba a enfurecer más al ver que su plan había sido descubierto. Pero el Conde Olaf siguió sentado allí, tan tranquilo como si estuviesen hablando sobre el tiempo.

—Supongamos que me has descubierto —dijo Olaf—. Supongamos que tienes razón: iré a la cárcel, y tú y los otros huérfanos seréis libres. Bueno, ¿por qué no subes a tu cuarto y despiertas a tus hermanas? Estoy seguro de que querrán conocer tu gran victoria sobre mis malvados planes.

Klaus miró fijamente al Conde Olaf, que seguía sonriendo como si acabase de contar un buen chiste. ¿Por qué no amenazaba furioso a Klaus, o se arrancaba los pelos por la frustración, o corría a hacer las maletas para escapar? Nada estaba ocurriendo como Klaus lo había imaginado.

–Vale, *voy* a decírselo a mis hermanas –dijo Klaus, y regresó a su habitación.

Violet seguía dormitando en la cama y Sunny seguía oculta bajo las cortinas. Klaus despertó primero a Violet.

–Me he pasado la noche leyendo –dijo Klaus sin aliento cuando su hermana abrió los ojos–, y he descubierto lo que trama el Conde Olaf. Trama casarse contigo de verdad, mientras tú, Justicia Strauss y todos los demás pensáis que sólo es una obra de teatro. Y una vez sea tu marido, tendrá el control sobre el dinero de nuestros padres y podrá deshacerse de nosotros.

–¿Cómo puede casarse conmigo de verdad? –preguntó Violet–. Sólo es una obra de teatro.

–Los únicos requisitos legales para el matrimonio en esta comunidad –explicó Klaus mientras sostenía *Leyes nupciales* para enseñarle a su hermana de dónde había extraído tal información– es que tú digas «sí quiero» y firmes un documento de tu puño y letra en presencia de un juez, ¡como Justicia Strauss!

–Pero está claro que no soy lo bastante mayor para casarme –dijo Violet–. Sólo tengo catorce años.

–Chicas de menos de dieciocho años –dijo Klaus pasando a otro capítulo del libro– pueden casarse si tienen la autorización de su tutor legal. Y ése no es otro que el Conde Olaf.

–¡Oh no! –gritó Violet–. ¿Qué podemos hacer?

–Le podemos enseñar esto al señor Poe –dijo Klaus, señalando el libro– y finalmente nos creerá cuando decimos que el Conde Olaf no es trigo limpio. Rápido, vístete mientras yo despierto a Sunny, y podremos estar en el banco cuando abra.

Violet, que solía moverse despacio por las mañanas, asintió, salió inmediatamente de la cama y se dirigió a la caja de cartón en busca de ropa apropiada. Klaus se acercó al amasijo de cortinas para despertar a su hermana pequeña.

—Sunny —dijo con dulzura, colocando la mano donde creía que estaba la cabeza de su hermana—. Sunny.

No hubo respuesta. Klaus volvió a decir «Sunny» y levantó un trozo de la cortina para despertar a la pequeña Baudelaire. «Sunny», dijo, pero entonces se detuvo. Porque debajo de la cortina no había más que otra cortina. Apartó todas las capas, pero su hermana no estaba allí. «¡*Sunny!*», gritó mirando por toda la habitación. Violet tiró el vestido que tenía en las manos y empezó a ayudar a su hermano a buscarla. Miraron en todos los rincones, debajo de la cama e incluso dentro de la caja de cartón. Pero Sunny no estaba.

—¿Dónde puede estar? —preguntó Violet muy preocupada—. Ella no es de las que se escapan.

—En efecto, ¿dónde puede estar? —dijo una voz detrás de ellos, y los dos niños se giraron.

El Conde Olaf estaba en la puerta, mirando cómo Violet y Klaus buscaban por toda la habitación. Sus ojos brillaban más que nunca y seguía sonriendo, como si acabase de explicar un chiste.

Nueve

–*Sí* –prosiguió el Conde Olaf–, es ciertamente extraño que un niño se pierda. Y un niño tan pequeño e indefenso.

–¿Dónde está Sunny? –gritó Violet–. ¿Qué ha hecho con ella?

El Conde Olaf siguió hablando como si no hubiese oído a Violet.

–Bueno, todos vemos cosas extrañas cada día. De hecho, si los dos huérfanos me seguís hasta el patio trasero, creo que todos veremos algo bastante inusual.

Los niños Baudelaire no pronunciaron palabra, pero siguieron al Conde Olaf por la casa hasta la puerta trasera. Violet miró el patio pequeño y descuidado, donde no había estado desde que ella y Klaus tuvieron que cortar leña. La pila de troncos que habían hecho seguía en el mismo sitio, intacta, como si el Conde Olaf les hubiese obligado a cortar troncos por pura diversión, y no para un propósito concreto. Violet, todavía en camisón, temblaba, pero miró aquí y allá y no vio nada inusual.

—No estáis mirando en el sitio indicado —dijo el Conde Olaf—. Para niños que leen tanto, sois sorprendentemente poco inteligentes.

Violet miró hacia donde estaba el Conde Olaf, pero no pudo mirarle a los ojos. A los ojos de su cara, claro. Le estaba mirando los pies, y podía ver el ojo tatuado que había estado observando a los huérfanos Baudelaire desde el día en que empezaron los problemas. Entonces los ojos de Violet viajaron por el cuerpo delgado y pobremente vestido del Conde Olaf y vio que éste señalaba algo con su escuálida mano. Ella siguió la mano y se encontró mirando la torre prohibida. Estaba hecha de piedra sucia, con una única ventana, y allí, en aquella ventana, se podía ver con mucha dificultad lo que parecía una jaula de pájaro.

—Oh no —dijo Klaus, en voz baja y asustada.

Y Violet volvió a mirar. *Era* una jaula de pájaro, que se bamboleaba como una bandera en la ventana de la torre, pero en el interior de la jaula distinguió a una pequeña y asustada Sunny. Cuando Violet miró con atención, pudo ver que un trozo de cinta adhesiva cubría la boca de su hermana, y que había unas cuerdas alrededor de su cuerpo. Estaba completamente atrapada.

—¡Suéltela! —le dijo Violet al Conde Olaf—. ¡Ella no ha hecho nada! ¡Es una criatura!

—Mira —dijo el Conde Olaf, sentándose en un tronco—. Si de verdad quieres que la suelte, lo haré. Pero incluso una mocosa estúpida como tú puede darse cuenta de que si la suelto, o, más exactamente, si le digo a mi compañero que la

suelte, la pobre pequeña Sunny quizá no sobreviva a la caída. Es una torre de nueve metros, una altura muy grande para que una personita sobreviva, incluso metida en una jaula. Pero, si insistes…

—¡*No!* —gritó Klaus—. *¡No lo haga!*

Violet miró al Conde Olaf a los ojos, y luego la pequeña figura de su hermana, colgando de lo alto de la torre y moviéndose ligeramente con la brisa. Se imaginó a Sunny cayendo desde la torre al suelo, y que lo último que sentiría su hermana sería un terror absoluto.

—*Por favor* —le dijo a Olaf, con lágrimas en los ojos—. No es más que un bebé. Haremos *lo que sea, lo que sea*. Pero no le haga daño.

—*¿Lo que sea?* —preguntó el Conde Olaf, y levantó su ceja. Se acercó a Violet y la miró fijamente a los ojos—. *¿Lo que sea?* Por ejemplo, ¿aceptarías casarte conmigo durante la representación de mañana por la noche?

Violet se lo quedó mirando. Tenía una extraña sensación en el estómago, como si fuese a *ella* a quien estuviesen lanzando desde gran altura.

Lo que realmente asustaba del Conde Olaf, comprendió, es que fuera muy listo. No era simplemente un borracho indeseable y bruto, sino un borracho *listo*, indeseable y bruto.

—Mientras tú estabas ocupado leyendo libros y formulando acusaciones —dijo el Conde Olaf—, yo hice que uno de mis ayudantes más silenciosos y astutos entrase a escondidas en vuestro dormitorio y se llevase a la pequeña Sunny. Ella está a salvo, por ahora. Pero la considero un palo adecuado para una mula tozuda.

—Nuestra hermana no es un palo —dijo Klaus.

—Una mula tozuda —explicó el Conde Olaf— no se mueve en la dirección que su propietario desea. En ese sentido es como vosotros, niños, que os emperráis en hacer fracasar mis planes. Cualquier propietario del animal os diría que una mula tozuda se moverá en la dirección deseada si tiene una zanahoria delante y un palo detrás. La mula se moverá hacia la zanahoria porque quiere la recompensa de la comida, y se alejará del palo porque no quiere el castigo del dolor. Asimismo, vosotros haréis lo que yo diga, para evitar el castigo de la pérdida de vuestra hermana y porque queréis la recompensa de sobrevivir a esta experiencia. Ahora, Violet, deja que te lo pregunte otra vez: ¿te *casarás* conmigo?

Violet tragó saliva y bajó la mirada hasta ver el tatuaje del Conde Olaf. No conseguía dar una respuesta.

—Venga —dijo el Conde Olaf, su voz simulando (palabra que aquí significa «fingiendo») amabilidad. Alargó la mano y acarició el pelo de Violet—. ¿Tan terrible sería ser mi mujer, vivir en mi casa para el resto de tu vida? Eres una chica encantadora, después de la boda no me desharía de ti como de tu hermano y de tu hermana.

Violet se imaginó durmiendo junto al Conde Olaf y viendo cada mañana al despertar a aquel hombre tan terrible. Se imaginó vagando por la casa, intentando evitarlo todo el día, y cocinando para sus terrible amigos por la noche, quizá todas las noches, para el resto de su vida. Pero levantó la mirada y vio a su hermana indefensa y supo cuál tenía que ser su respuesta.

–Si suelta a Sunny –acabó diciendo– me casaré con usted.

–Soltaré a Sunny –contestó el Conde Olaf– después de la función de mañana por la noche. Mientras, se quedará en la torre bajo custodia. Y, como advertencia, os diré que mis ayudantes montarán guardia en la puerta que da a las escaleras de la torre, por si estáis tramando algo.

–Es usted un hombre terrible –exclamó Klaus.

Pero el Conde Olaf se limitó a volver a sonreír.

–Quizá sea un hombre terrible –dijo–, pero he sido capaz de tramar una forma infalible de hacerme con vuestra fortuna, que es más de lo que vosotros habéis conseguido –y empezó a andar hacia la casa–. Recordadlo, huérfanos. Podéis haber leído más libros que yo, pero eso no os ha ayudado a manejar la situación. Ahora dadme ese libro que os ha inspirado tan buenas ideas y haced las tareas que os he asignado.

Klaus suspiró y soltó –palabra que aquí significa «dio al Conde Olaf a pesar de que no quería hacerlo»– el libro sobre leyes nupciales. Empezó a seguir al Conde Olaf hacia la casa, pero Violet permaneció inmóvil como una estatua. No había escuchado el último discurso del Conde Olaf, segura de que estaría lleno de su habitual y absurda autocomplacencia y de despreciables insultos. Observaba la torre, no la parte más alta, donde estaba colgada su hermana, sino toda la torre. Klaus se volvió a mirarla y vio algo que no había visto últimamente. A aquellos que no conocían a Violet nada les hubiera parecido inusual, pero aquellos que la conocían bien sabían que, cuando se recogía el pelo con un lazo para que no le tapase los ojos, significaba que las herramientas y palancas de su inventivo cerebro runruneaban a gran velocidad.

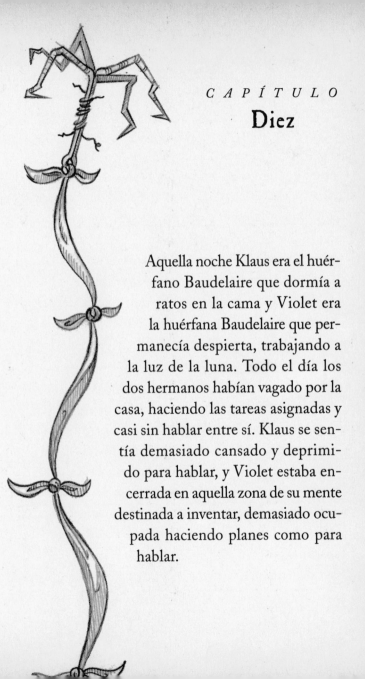

Aquella noche Klaus era el huérfano Baudelaire que dormía a
ratos en la cama y Violet era
la huérfana Baudelaire que per-
manecía despierta, trabajando a
la luz de la luna. Todo el día los
dos hermanos habían vagado por la
casa, haciendo las tareas asignadas y
casi sin hablar entre sí. Klaus se sentía demasiado cansado y deprimi-
do para hablar, y Violet estaba en-
cerrada en aquella zona de su mente
destinada a inventar, demasiado ocupada haciendo planes como para
hablar.

Cuando se acercaba la noche, Violet recogió las cortinas que habían sido la cama de Sunny y las llevó a la puerta de las escaleras de la torre, donde el enorme ayudante del Conde Olaf, aquel que no parecía hombre ni mujer, montaba guardia. Violet le preguntó si le podía llevar las mantas a su hermana, para que estuviese más cómoda por la noche. La enorme criatura casi ni miró a Violet con sus ojos sin vida, movió la cabeza y la despidió con un gesto silencioso.

Violet sabía, claro, que Sunny estaba demasiado aterrorizada para consolarse con un montón de ropa, pero esperaba que le permitirían tomarla entre sus brazos unos segundos y que podría decirle que todo iría bien. Quería también hacer algo conocido en el mundo del crimen como «reconocer el terreno». «Reconocer el terreno» significa observar un lugar concreto para poder urdir un plan. Por ejemplo, si eres un ladrón de bancos —aunque espero que no sea así—, quizá vayas al banco unos días antes de robarlo. Quizá con un disfraz, mires aquí y allá, observando a los guardas de seguridad, las cámaras y otros obstáculos, para poder planear cómo evitar que te capturen o te maten en el transcurso del robo.

Violet, una ciudadana decente, no estaba planeando robar un banco, sino rescatar a Sunny y, para hacer su plan más fácil, esperaba poder observar la habitación de la torre donde su hermana estaba prisionera. Pero resultó que no iba a tener oportunidad de reconocer el terreno. Aquello la puso nerviosa. Sentada en el suelo junto a la ventana, trabajaba silenciosa en su invento.

Violet tenía muy pocos materiales con los que inventar algo y no quería andar por ahí buscando más por miedo a levantar sospechas en el Conde Olaf y su grupo. Pero tenía lo suficiente para construir un aparato de rescate. Encima de la ventana había una sólida barra de metal donde colgaban las cortinas, y Violet la sacó y la dejó en el suelo. Utilizando una de las piedras que Olaf había dejado apiladas en un rincón, partió la barra en dos. Después dobló cada uno de los pedazos hasta formar un ángulo, y aquella tarea le produjo pequeños cortes en las manos. Entonces descolgó el cuadro del ojo. En la parte de atrás, como en la de muchos otros cuadros, había un trocito de alambre para colgarlo del clavo. Quitó el alambre y lo utilizó para unir las dos piezas. Violet había construido lo que parecía una gran araña de metal.

Entonces se dirigió a la caja de cartón y sacó el vestido más feo de cuantos había comprado la señora Poe, una ropa que los huérfanos Baudelaire no llevarían jamás, por muy desesperados que estuviesen. Trabajando aprisa y en silencio, empezó a hacer tiras con la ropa y a atarlas unas a otras. Entre las habilidades de Violet figuraba un vasto conocimiento de diferentes clases de nudos. El nudo que estaba utilizando se llamaba la Lengua del Diablo. Un grupo de mujeres piratas finlandesas lo inventó en el siglo quince, y lo llamaron la Lengua del Diablo porque se giraba por aquí y por allá de una forma muy complicada y extraña. La Lengua del Diablo era un nudo muy útil y, cuando Violet ató las tiras de ropa entre sí, cabo con cabo, formaron una especie de cuerda. Mientras trabajaba, recordó algo que sus padres le dijeron cuando nació Klaus y también cuando trajeron a Sunny a casa desde el hospital. «Tú eres la hija mayor Baudelaire», le dijeron con dulzura pero con seriedad. «Y, al ser la mayor, siempre tendrás la responsabilidad de cuidarlos y de asegurarte de que no se metan en líos.» Violet recordaba su promesa y pensó en Klaus, cuyo rostro amoratado seguía hinchado, y en Sunny, colgada de lo alto de la torre como una bandera, y empezó a trabajar más aprisa. A pesar de que el Conde Olaf era obviamente el causante de todo su sufrimiento, Violet tenía la sensación de haber roto la promesa que hiciera a sus padres, y se prometió resolver la situación.

Al final, utilizando todos los feísimos vestidos que fueron necesarios, Violet obtuvo una cuerda que medía, esperaba, algo más de nueve metros. Ató uno de sus extremos a la araña y observó su obra. Había construido uno de esos garfios que se utilizan para escalar edificios por las paredes, en general con un propósito vil. Utilizando el extremo metálico para engancharlo a algo en lo más alto de la torre y la ropa para ayudarla a escalar, Violet esperaba llegar hasta arriba, desatar la jaula de Sunny y volver a bajar. Era, obviamente, un plan muy arriesgado, porque era peligroso en sí y porque ella había construido su propio garfio, en lugar de comprarlo en una tienda especializada. Pero un garfio fue todo lo que se le ocurrió a Violet, dado que no disponía de un taller adecuado y carecía de tiempo. No le había contado su plan a Klaus, porque no quería darle falsas esperanzas, así que, sin despertarlo, recogió su garfio y salió de puntillas de la habitación.

Una vez fuera, Violet se dio cuenta de que su plan era incluso más difícil de lo que había pensado. La noche era tranquila, lo cual quería decir que casi no podía hacer el menor ruido. También soplaba una ligera brisa y, cuando se imaginó zarandeándose agarrada a una cuerda hecha con ropa feísima, casi se dio por vencida. Y la noche era oscura y se hacía difícil ver dónde podría lanzar el garfio para conseguir que los brazos metálicos se agarrasen a algo. Pero allí, de pie, temblando en su camisón, Violet sabía que tenía que intentarlo. Lanzó el garfio lo más alto y fuerte que pudo con su mano derecha y esperó a ver si se enganchaba en algo.

¡Clang! El garfio hizo un fuerte ruido al golpear la torre, pero no se agarró a nada y cayó con estrépito. Violet, con el corazón a cien, se quedó completamente inmóvil, preguntándose si el Conde Olaf o alguno de sus cómplices vendría a investigar. Pero, tras unos momentos, no apareció nadie, y Violet, haciendo girar el garfio por encima de su cabeza como si de un lazo se tratara, volvió a intentarlo.

¡Clang! ¡Clang! El garfio golpeó dos veces la torre y cayó de nuevo. Violet volvió a esperar, intentó oír pasos, pero todo lo que oyó fue su propio pulso enloquecido. Decidió intentarlo una vez más.

¡Clang! El garfio golpeó la torre y volvió a caer, golpeando con fuerza el hombro de Violet. Rompió el camisón y le rasgó la piel. Violet, mordiéndose la mano para no gritar de dolor, tanteó el lugar del hombro donde había sido golpeada, y estaba empapado de sangre. El brazo le temblaba a causa del dolor.

En aquel punto de los acontecimientos, si yo hubiera sido Violet me habría rendido, pero, justo cuando estaba a punto de dar media vuelta y entrar en la casa, se imaginó lo asustada que debía de estar Sunny y, haciendo caso omiso del dolor de su hombro, utilizó la mano derecha para volver a lanzar el garfio.

¡Cla...! El habitual *¡clang!* se detuvo a la mitad, y Violet vio a la pálida luz de la luna que el garfio no caía. Nerviosa, dio un buen tirón de la cuerda y no pasó nada. ¡El garfio había funcionado!

Con los pies tocando la pared de la torre y las manos agarradas a la cuerda, Violet cerró los ojos y empezó a escalar. Sin atreverse a mirar a su alrededor, subió por la torre, una mano detrás de la otra, teniendo en todo momento presente la promesa a sus padres y las cosas horribles que haría el Conde Olaf si funcionaba su malvado plan. El viento de la noche soplaba cada vez con mayor fuerza a medida que ella subía más y más arriba, y tuvo que detenerse varias veces porque la cuerda se movía a causa del viento. Estaba segura de que en cualquier momento la cuerda se podía romper, o el garfio soltarse, y entonces Violet se precipitaría a una muerte segura. Pero, gracias a sus diestras habilidades a la hora de inventar –la palabra «diestras» significa aquí «hábiles»–, todo funcionó como se esperaba y de repente Violet sintió entre sus manos un trozo de metal en lugar de la cuerda. Abrió los ojos y vio a su hermana Sunny, que la estaba mirando frenética e intentaba decir algo a través de la cinta adhesiva que le cubría la boca. Violet había llegado a lo más alto de la torre, junto a la ventana donde estaba atada Sunny.

La hermana mayor de los Baudelaire estaba a punto de agarrar la jaula de su hermana e iniciar el descenso cuando vio algo que la hizo detenerse. Era el extremo del garfio que tras varios intentos se había agarrado a algo en la torre. Durante la escalada, Violet había supuesto que se había prendido a alguna mella de la piedra, o en alguna parte de la ventana, o quizás en una pieza del mobiliario del interior de la habitación, y se había quedado allí. Pero el garfio no había quedado agarrado en ninguno de aquellos sitios. El garfio de Violet se había clavado en otro garfio, en uno de los garfios del hombre manos de garfio. Y Violet vio cómo su otro garfio se acercaba a ella, brillando a la luz de la luna.

–Qué bien que te hayas unido a nosotros –dijo el hombre manos de garfio con afectada dulzura.

Violet intentó bajar por la cuerda, pero el ayudante del Conde Olaf fue demasiado rápido para ella. Con un movimiento la metió en la habitación de la torre y, con un rápido impulso de su garfio, envió al suelo con estrépito su aparato de rescate. Ahora Violet estaba tan atrapada como su hermana.

–Estoy muy contento de que estés aquí –dijo el hombre manos de garfio–. Estaba pensando lo

mucho que me gustaría ver tu cara bonita. Siéntate.

—¿Qué va a hacer conmigo? —preguntó Violet.

—¡Te he dicho que te sientes! —gruñó el hombre manos de garfio, y la empujó hacia una silla.

Violet miró la desordenada y sombría habitación. Estoy seguro de que en el transcurso de vuestra vida os habréis dado cuenta de que las habitaciones de las personas reflejan su personalidad. En mi habitación, por ejemplo, he reunido una colección de objetos que son importantes para mí, y que incluyen un polvoriento acordeón en el que puedo tocar algunas canciones tristes, un legajo de notas sobre las actividades de los huérfanos Baudelaire y una fotografía borrosa, hecha hace mucho tiempo, de una mujer llamada Beatrice. Son objetos muy valiosos e importantes para mí. La habitación de la torre contenía objetos que eran importantes y valiosos para el Conde Olaf, y eran cosas terribles. Había ilegibles pedazos de papel donde había escrito sus malévolas ideas con unos garabatos, en desordenados montoncitos encima del ejemplar de *Leyes nupciales* que le había quitado a Klaus. Había unas pocas sillas y un puñado de velas que dibujaban sombras temblorosas. Tiradas por el suelo había botellas de vino vacías y platos sucios. Pero, sobre todo, había dibujos y cuadros y esculturas de ojos, grandes y pequeños, por toda la habitación. Había ojos pintados en el techo y grabados en el mugriento suelo de madera. Había ojos garabateados en el alféizar de la ventana y un ojo grande pintado en el tirador de la puerta que daba a las escaleras. Era un lugar terrible.

El hombre manos de garfio buscó en el bolsillo de su mugriento abrigo y sacó un walkie-talkie. Con cierta dificultad, apretó el botón y esperó un momento.

—Jefe, soy yo —dijo—. Tu candorosa novia acaba de trepar hasta aquí para intentar rescatar a la mocosa mordedora —se detuvo mientras el Conde Olaf le decía algo—. No lo sé. Con una especie de cuerda.

—Era un garfio escalador —dijo Violet, y arrancó una manga de su camisón para hacerse una venda para el hombro—. Lo he hecho yo misma.

—Dice que es un garfio escalador —dijo el hombre manos de garfio al walkie-talkie—. No lo sé, jefe. Sí, jefe. Sí, jefe, claro que sé que ella es *tuya*. Sí, jefe —apretó un botón para desconectar la línea y dio media vuelta para mirar de frente—. El Conde Olaf está muy muy disgustado con su novia.

—¡Yo no soy su novia! —dijo Violet amargamente.

—Muy pronto lo serás —dijo el hombre manos de garfio, moviendo el garfio como la mayoría de la gente mueve un dedo—. Sin embargo, mientras tanto tengo que ir a buscar a tu hermano. Los tres os quedaréis encerrados en esta habitación hasta que caiga la noche. De este modo el Conde Olaf se asegura de que ninguno hagáis una maldad.

Y el hombre manos de garfio salió de la habitación haciendo mucho ruido con los pies. Violet oyó que cerraba la puerta con llave y oyó sus pasos desvanecerse escaleras abajo. Inmediatamente se acercó a Sunny y le puso la mano en la cabeza. Temerosa de quitar la cinta adhesiva de la boca de su hermana, por miedo a desatar –palabra que aquí significa «provocar»– la ira del Conde Olaf, Violet acarició el pelo de Sunny y murmuró que todo iba bien.

Pero, claro, todo *no* iba bien. Todo iba mal. Cuando la primera luz de la mañana entró en la habitación de la torre, Violet reflexionó sobre las cosas espantosas que ella y sus hermanos habían experimentado últimamente. Sus padres habían muerto de forma sorprendente y horrible. La señora Poe les había comprado ropa feísima. Se habían instalado en casa del Conde Olaf y habían sido tratados de forma terrible. El señor Poe les había negado su ayuda. Habían descubierto un diabólico complot del Conde, que implicaba casarse con Violet y robar la fortuna de los Baudelaire. Klaus había intentado enfrentarse a él con los conocimientos que había aprendido en la biblioteca de Justicia Strauss y había fracasado. La pobre Sunny había sido capturada. Y ahora Violet había intentado rescatar a Sunny y se encontraba prisionera junto a su hermana. Los huérfanos Baudelaire habían tropezado con una dificultad tras otra, y Violet encontraba su situación lamentablemente deplorable, frase que aquí significa «en absoluto agradable».

El sonido de pasos subiendo por la escalera hizo que Violet abandonara sus pensamientos, y poco después el hombre manos de garfio abrió la puerta y echó al interior de la habitación a un Klaus muy cansado, confundido y asustado.

—Aquí está el último huérfano —dijo el hombre manos de garfio—. Y ahora tengo que ir a ayudar al Conde Olaf en los preparativos finales para la representación de esta noche. Nada de artimañas, vosotros dos, o tendré que amordazaros y dejaros colgando de la ventana como a vuestra hermana.

Les miró fijamente, volvió a cerrar la puerta y bajó las escaleras con mucho ruido.

Klaus parpadeó y paseó la mirada por la sucia habitación. Seguía llevando el pijama.

—¿Qué ha pasado? —le preguntó a Violet—. ¿Por qué estamos aquí arriba?

—He intentado rescatar a Sunny —dijo Violet—, utilizando un invento mío para subir a la torre.

Klaus se dirigió a la ventana y miró hacia abajo.

—Está muy alto —dijo—. Debes de haber sentido mucho miedo.

—Ha sido terrorífico —admitió Violet—, pero no tanto como la idea de casarme con el Conde Olaf.

—Siento que tu invento no funcionase —dijo Klaus con tristeza.

—El invento funcionó bien —dijo Violet, pasándose la mano por el hombro dolorido—. Pero me han pillado. Y ahora estamos perdidos. El hombre manos de garfio ha dicho que nos va a dejar aquí encerrados hasta la noche y entonces empezará la función de *La boda maravillosa*.

—¿Crees que podrías inventar algo que nos ayudase a escapar? —preguntó Klaus, mirando la habitación.

—Quizá. ¿Por qué no revisas esos libros y esos papeles? Tal vez haya alguna información que nos pueda servir.

Durante las siguientes horas, Violet y Klaus buscaron por la habitación y por sus propias mentes en busca de cualquier cosa que les pudiese ser de ayuda. Violet buscó objetos con los que inventar algo. Klaus leyó los papeles y los libros del Conde Olaf. De vez en cuando se acercaban a Sunny y le sonreían, le acariciaban la cabeza para tranquilizarla. De vez en cuando, Violet y Klaus hablaban entre sí, pero en general permanecían callados, perdidos en sus propios pensamientos.

—Si tuviésemos algo de queroseno —dijo Violet hacia el mediodía—, podría hacer cócteles Molotov con esas botellas.

—¿Qué son cócteles Molotov? —preguntó Klaus.

—Son pequeñas bombas metidas en botellas —explicó Violet—. Podríamos tirarlos por la ventana y llamar la atención de los transeúntes.

—Pero no tenemos queroseno —dijo Klaus con tristeza.

Permanecieron en silencio durante varias horas.

—Si fuésemos polígamos —dijo Klaus—, el plan de matrimonio del Conde Olaf no funcionaría.

—¿Qué son polígamos? —preguntó Violet.

—Son los que se casan con más de una persona —explicó Klaus—. En esta comunidad los polígamos son ilegales, aunque se hayan casado en presencia de un juez, con la afirmación «sí quiero» y el documento firmado de su puño y letra. Lo he leído aquí, en *Leyes nupciales*.

–Pero no somos polígamos –dijo Violet con tristeza.

Permanecieron en silencio durante varias horas *más*.

–Podríamos romper estas botellas por la mitad –dijo Violet– y usarlas como cuchillos, pero mucho me temo que el grupo del Conde Olaf nos vencería.

–Podrías decir «no quiero» en lugar de «sí quiero» –dijo Klaus–, pero mucho me temo que el Conde Olaf daría la orden de que tirasen a Sunny torre abajo.

–Seguro que lo haría –dijo el Conde Olaf.

Y los niños se sobresaltaron. Habían estado tan sumergidos en su conversación que no le habían oído subir las escaleras y abrir la puerta. Llevaba un lujoso traje y su ceja había sido encerada de tal forma que brillaba tanto como sus ojos. Detrás de él estaba el hombre manos de garfio, que sonrió y movió un garfio en el aire mientras miraba a los jóvenes.

–Venid, huérfanos –dijo el Conde Olaf–. Ha llegado el momento del gran acontecimiento. Mi asociado aquí presente se quedará en esta habitación, y estaremos en contacto constante a través de nuestros walkie-talkies. Si *algo* va mal durante la representación de esta noche, vuestra hermana será lanzada desde lo alto y morirá. Venid.

Violet y Klaus se miraron, y miraron a Sunny, que seguía colgada en su jaula, y siguieron al Conde Olaf hacia la puerta. Klaus, mientras bajaba las escaleras de la torre, sintió en su corazón que todo estaba perdido. Realmente parecía que aquella difícil situación no tenía salida. Violet sentía lo mismo, hasta que, para no perder el equilibrio, alargó la mano derecha para agarrarse a la barandilla. Miró un segundo su mano derecha y empezó a pensar. Durante todo el trayecto escaleras abajo y al salir por la puerta y en el breve camino desde la casa hasta el teatro, Violet pensó y pensó con más fuerza que jamás antes en su vida.

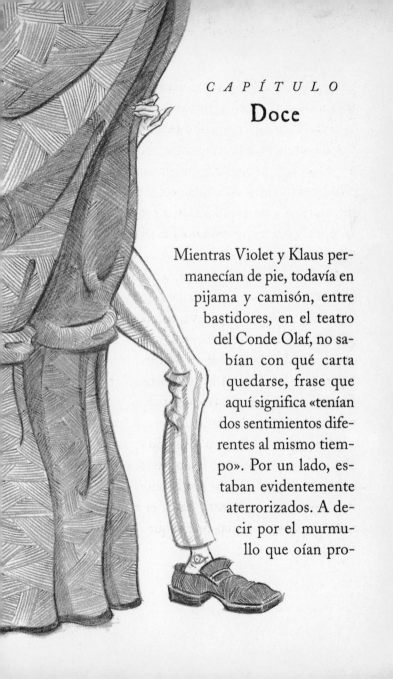

Mientras Violet y Klaus permanecían de pie, todavía en pijama y camisón, entre bastidores, en el teatro del Conde Olaf, no sabían con qué carta quedarse, frase que aquí significa «tenían dos sentimientos diferentes al mismo tiempo». Por un lado, estaban evidentemente aterrorizados. A decir por el murmullo que oían pro-

cedente del escenario, los dos huérfanos Baudelaire sabían que la representación de *La boda ma-*
ravillosa había empezado y parecía demasiado
tarde para que algo hiciese fracasar el plan del
Conde Olaf. Por otro lado, sin embargo, estaban
fascinados, porque nunca habían asistido entre
bastidores a una representación teatral y había
mucho que ver. Miembros del grupo teatral del
Conde Olaf corrían de un lado para otro, demasiado ocupados para mirar siquiera a los niños. Tres hombres muy bajos transportaban una
plancha de madera larga y pintada, que repre-
sentaba una sala de estar. Las dos mujeres de
rostro blanco colocaban flores en un jarrón, que
visto de lejos parecía de mármol pero de cerca se
asemejaba al cartón. Un hombre de aspecto importante y con la cara llena de verrugas ajustaba
unos focos enormes. Cuando los niños miraron a
hurtadillas el escenario, pudieron ver al Conde
Olaf con su traje elegante, declamando unas lí-
neas de la obra justo cuando bajaba el telón, con-
trolado por una mujer de pelo muy corto que ti-
raba de una cuerda larga atada a una polea. A

pesar del miedo que sentían, ya veis que los dos hermanos mayores Baudelaire estaban muy interesados en lo que ocurría, y sólo deseaban no estar en lo más mínimo implicados en el caso.

Al caer el telón, el Conde Olaf salió del escenario a toda prisa y miró a los niños.

—¡Es el final del segundo acto! ¿Por qué no llevan los huérfanos sus ropas? —siseó a las dos mujeres de cara blanca.

Pero, cuando el público estalló en una ovación, su expresión de enfado se transformó en otra de alegría, y volvió a entrar en escena. Haciéndole gestos a la mujer de pelo corto para que levantase el telón, quedó justo en el centro del escenario y saludó con gran elegancia. Saludó y mandó besos al público, mientras el telón volvía a bajar, y entonces su rostro volvió a llenarse de ira.

—El entreacto sólo dura diez minutos —dijo— y los niños tienen que actuar. ¡Ponedles los trajes! ¡Deprisa!

Sin mediar palabra, las dos mujeres de la cara blanca cogieron a Violet y a Klaus por la muñeca y los llevaron a un camerino. La habitación era polvorienta pero relumbrante, repleta de espejos y lucecitas para que los actores pudiesen ver mejor a la hora de maquillarse y ponerse las pelucas, y había gente hablando a gritos entre sí y riendo mientras se cambiaban de traje. Una de las mujeres de cara blanca hizo que Violet levantara los brazos, le sacó el camisón por la cabeza y le tiró un vestido blanco sucio y de encaje para que se lo pusiese. Klaus, mientras tanto, vio cómo la otra mujer de cara blanca le quitaba el pijama y le ponía a toda prisa un traje azul de marinero, que picaba y le hacía parecer un niño pequeño.

—¿No es emocionante? —dijo una voz, y los niños dieron media vuelta para ver a Justicia Strauss, vestida con sus ropas de juez y con la peluca. Llevaba un librito en la mano—. ¡Niños, tenéis un aspecto estupendo!

—Usted también —dijo Klaus—. ¿Qué es ese libro?

—Bueno, son mis frases —dijo Justicia Strauss—. El Conde Olaf me dijo que trajera un libro de leyes y que leyese la ceremonia de boda de verdad, para que la obra fuese lo más realista posible. Todo lo que *tú* tienes que decir, Violet, es «sí quiero», pero yo tengo que hacer un discurso bastante largo. Va a ser divertido.

−¿Sabe lo que sería divertido? −dijo Violet con precaución−. Que cambiase sus frases, aunque sólo fuera un poquito.

El rostro de Klaus se iluminó.

−Sí, Justicia Strauss. Sea creativa. No hay por qué ceñirse a la ceremonia legal. No es como si fuera una boda de verdad.

Justicia Strauss frunció el entrecejo.

−No estoy segura, niños −dijo−. Creo que será mejor seguir las instrucciones del Conde Olaf. Después de todo, él está al mando.

−¡Justicia Strauss! −gritó una voz−. ¡Justicia Strauss! ¡Por favor diríjase a maquillaje!

−¡Caramba! Voy a llevar maquillaje −Justicia Strauss tenía una expresión soñadora en el rostro, como si estuviese a punto de ser coronada reina y no de que alguien le pusiese polvos y cremas en la cara−. Niños, me tengo que ir. ¡Nos vemos en el escenario, queridos!

Justicia Strauss salió corriendo, y dejó a los niños, que estaban acabando de cambiarse. Una de las mujeres de cara blanca le puso un vestido con motivos florales a Violet que, horrorizada, descubrió que el vestido que le habían puesto era un traje nupcial. La otra mujer le puso una gorra de marinero a Klaus, que se miró en uno de los espejos y se sorprendió de lo feo que estaba. Sus ojos se encontraron con los de Violet, que también estaba mirando el espejo.

—¿Qué podemos hacer? —dijo Klaus en voz baja—. ¿Fingir que estamos enfermos? Quizá entonces anulen la representación.

—El Conde Olaf sabría lo que estábamos tramando —contestó Violet taciturna.

—¡El tercer acto de *La boda maravillosa* de Al Funcoot está a punto de empezar! —gritó un hombre con una tablilla—. ¡Por favor, todos a vuestros puestos para el tercer acto!

Los actores salieron corriendo de la habitación y las mujeres de cara blanca tomaron a los niños de la mano y salieron a toda prisa tras ellos. La zona entre bastidores era un auténtico caos, pala-

bra que aquí significa «actores y tramoyistas corriendo en todas direcciones, encargándose de los
detalles de última hora». El hombre calvo de la
nariz larga corrió hacia los niños, entonces se detuvo, miró a Violet en su traje de novia y sonrió.

—Nada de tonterías —les dijo, moviendo un
delgado dedo de un lado para otro—. Cuando sal-
gáis, haced exactamente lo que se supone que debéis hacer. El Conde Olaf llevará el walkie-talkie
encima durante todo el acto y, si hacéis aunque
sólo sea *una cosa* mal, hará una llamadita a Sunny
a lo alto de la torre.

—Sí, sí —dijo Klaus con amargura.

Estaba harto de que le amenazasen una y otra
vez.

—Será mejor que hagáis exactamente lo planeado —insistió el hombre.

—Estoy seguro de que lo harán —dijo de repente una voz, y los niños dieron media vuelta para
ver al señor Poe, vestido de etiqueta y acompa-
ñado de su mujer. Sonrió a los niños y se acercó a
darles la mano—. Polly y yo sólo queríamos deciros que os rompáis una pierna.

—¿Qué? —dijo Klaus sorprendido.

—Es un término teatral —explicó el señor Poe—. Significa «buena suerte para la representación de esta noche». Estoy contento de que os hayáis adaptado a la vida con vuestro nuevo padre y de que participéis en actividades familiares.

—Señor Poe —dijo Klaus rápidamente—, Violet y yo tenemos algo que decirle. Es muy importante.

—¿De qué se trata? —preguntó el señor Poe.

—Sí —dijo el Conde Olaf—, ¿qué es lo que tenéis que decirle al señor Poe, chicos?

El Conde Olaf había surgido como de la nada y sus brillantes ojos miraban a los niños con maldad. Violet y Klaus pudieron ver que llevaba un walkie-talkie en la mano.

—Sólo que le agradecemos todo lo que ha hecho por nosotros, señor Poe —dijo Klaus débilmente—. Eso es todo lo que queríamos decir.

—Claro, claro —dijo el señor Poe, dándole una palmadita en la espalda a Klaus—. Bueno, será mejor que Polly y yo vayamos a nuestros asientos. ¡Rompeos una pierna, niños Baudelaire!

—Ojalá *pudiésemos* rompernos una pierna —le susurró Klaus a Violet.

Y el señor Poe se fue.

—Lo haréis, muy pronto —dijo el Conde Olaf, empujando a los dos niños hacia el escenario.

Había actores por todas partes, preparándose para el tercer acto, y Justicia Strauss estaba en un rincón, repasando las frases del libro de leyes. Klaus miró por el escenario, preguntándose si alguien les ayudaría. El hombre calvo de la nariz larga cogió a Klaus de la mano y le llevó a un lado.

—Tú y yo nos quedaremos *aquí* toda la duración del acto. Eso significa todo el tiempo.

—Ya *sé* lo que significa la palabra «duración» —dijo Klaus.

—Nada de tonterías —dijo el hombre calvo.

Klaus vio a su hermana vestida de novia colocarse al lado del Conde Olaf, cuando el telón empezó a subir. Oyó aplausos del público al empezar el tercer acto de *La boda maravillosa*.

No tendría interés para vosotros que os describiese la acción de esta insípida —la palabra «insípida» significa aquí «aburrida y absurda»— obra de Al Funcoot, porque era una obra espantosa y de nula relevancia para nuestra historia. Varios actores y actrices recitaron unos diálogos muy aburridos y se movieron por el escenario, y Klaus intentó establecer contacto visual con ellos y ver si les podrían ayudar. Pronto se dio cuenta de que la obra había servido simplemente como excusa para el malvado plan de Olaf y no para divertir a nadie, porque observó que el público perdía interés y se revolvía en sus asientos. Klaus dirigió su atención al público, para ver si alguien se daba cuenta de que se estaba tramando algo, pero la forma en que el hombre con verrugas en la cara había colocado las luces impedía a Klaus ver los rostros de la sala y sólo podía distinguir ligeramente las siluetas del público. El Conde Olaf tenía un buen número de largas parrafadas, que recitó con elaboradas gesticulaciones y expresiones faciales. Nadie pareció observar que sostenía todo el tiempo un walkie-talkie en la mano.

Finalmente, Justicia Strauss empezó a hablar, y Klaus vio que estaba leyendo directamente el libro legal. Los ojos de ella brillaban y su rostro estaba sonrojado por la emoción de actuar encima de un escenario por primera vez, demasiado apasionada por el teatro para darse cuenta de que formaba parte del plan de Olaf. Habló y habló acerca de Olaf y Violet, queriéndose en la salud y la enfermedad, en los buenos y los malos tiempos, y todas esas cosas que se les dicen a las personas que deciden, por una u otra razón, casarse.

Cuando finalizó su discurso, Justicia Strauss se giró hacia el Conde Olaf y preguntó:

—¿Quieres a esta mujer como legítima esposa?

—Sí quiero —dijo el Conde Olaf sonriendo.

Klaus vio a Violet temblar.

—¿*Quieres* —dijo Justicia Strauss, volviéndose hacia Violet— a este hombre como legítimo esposo?

—Sí quiero —dijo Violet.

Klaus apretó los puños. Su hermana había dicho «sí quiero» en presencia de un juez. Una vez firmado el documento oficial, la boda sería legalmente válida. Y ahora Klaus podía ver que Justicia Strauss cogía el documento de mano de uno de los otros actores y se lo entregaba a Violet para que lo firmase.

—No te muevas un pelo —le dijo en un murmullo el hombre calvo a Klaus.

Y Klaus pensó en la pobre Sunny, colgada en lo alto de la torre, y se quedó quieto, viendo que Violet cogía la alargada pluma que el Conde Olaf le entregaba. Violet miró el documento con los ojos muy abiertos, y su rostro estaba pálido y su mano izquierda temblaba al firmar.

–Y ahora, damas y caballeros –dijo el Conde Olaf, dando un paso adelante para dirigirse al público–, tengo que anunciarles algo. No hay razón para continuar la representación de esta noche, porque ya ha cumplido su propósito. No ha sido una escena de ficción. Mi matrimonio con Violet Baudelaire es perfectamente legal y ahora tengo el control de toda su fortuna.

Hubo gritos sofocados entre el público y algunos actores se miraron sobresaltados. Al parecer no todos conocían el plan del Conde Olaf.

—¡Eso no puede ser! —gritó Justicia Strauss.

—Las leyes de matrimonio en esta comunidad son bastante simples —dijo el Conde Olaf—. La novia tiene que decir «sí quiero» en presencia de un juez, como usted, y firmar un documento. Y todos ustedes —el Conde Olaf se dirigió al público— son testigos.

—¡Pero Violet es sólo una niña! —dijo uno de los actores—. No es lo bastante mayor para casarse.

—Lo es si su tutor legal accede —dijo el Conde Olaf—, y yo, además de ser su marido, soy su tutor legal.

—¡Pero ese trozo de papel no es un documento legal! —dijo Justicia Strauss—. ¡Sólo es un trozo de papel para la obra!

El Conde Olaf cogió el papel de manos de Violet y se lo entregó a Justicia Strauss.

—Creo que, si lo mira detenidamente, verá que es un documento oficial del ayuntamiento.

Justicia Strauss cogió el documento y lo leyó aprisa. Después cerró los ojos, respiró profundamente y frunció el ceño, se estaba concentrando muchísimo. Klaus la miraba y se preguntaba si aquella era la expresión que Justicia Strauss tenía en el rostro cuando estaba en el Tribunal Supremo.

—Tiene razón —le dijo finalmente al Conde Olaf—. Esta boda, por desgracia, es completamente legal. Violet ha dicho «sí quiero» y ha firmado este papel. Conde Olaf es el marido de Violet y, por consiguiente, tiene el control sobre sus bienes.

—¡Eso no puede ser! —dijo una voz entre el público, y Klaus reconoció la voz del señor Poe, que subió corriendo las escaleras del escenario y le quitó el documento a Justicia Strauss—. Esto es un terrible disparate.

—Mucho me temo que este terrible disparate está dentro de la ley —dijo Justicia Strauss, con ojos llenos de lágrimas—. No puedo creer lo fácilmente que me han engañado. Niños, yo nunca haría nada que os perjudicase. *Nunca*.

—Usted ha sido fácilmente engañada —dijo el Conde Olaf sonriendo, y la juez se echó a llorar–. Ganar esta fortuna ha sido un juego de niños. Ahora, si todos nos disculpan, mi mujer y yo nos vamos a casa para la noche de bodas.

–¡Primero suelte a Sunny! –gritó Klaus–. ¡Prometió que la soltaría!

–¿Dónde está Sunny? –preguntó el señor Poe.

–En este momento está liada –dijo el Conde Olaf–, si me permitís una bromita.

Sus ojos brillaban mientras apretaba botones del walkie-talkie y esperaba a que el hombre manos de garfio contestase.

–¿Hola? Sí, claro que soy yo, idiota. Todo ha ido según el plan. Por favor saca a Sunny de su jaula y tráela directamente al teatro. Klaus y Sunny tienen algunas tareas que hacer antes de irse a dormir.

El Conde Olaf miró fijamente a Klaus.

–¿Estás satisfecho ahora? –le preguntó.

–Sí –dijo Klaus en voz baja.

No estaba nada satisfecho, claro, pero al menos su hermana pequeña ya no estaba colgada de la torre.

–No creas que estás tan a salvo –le susurró el

hombre calvo a Klaus–. El Conde Olaf se ocupará de ti y de tus hermanas más tarde. No quiere hacerlo delante de toda esta gente.

No tuvo que explicarle a Klaus lo que quería decir con «se ocupará de».

–Bueno, yo no estoy *en absoluto* satisfecho –dijo el señor Poe–. Esto es absolutamente horrendo. Es completamente monstruoso. Es económicamente terrible.

–Sin embargo, mucho me temo –dijo el Conde Olaf– que se ajusta a la ley. Mañana, señor Poe, pasaré por el banco a retirar toda la fortuna de los Baudelaire.

El señor Poe abrió la boca para decir algo, pero empezó a toser. Durante varios segundos tosió en su pañuelo, mientras todo el mundo esperaba sus palabras.

–No lo permitiré –dijo finalmente el señor Poe, limpiándose la boca–. No pienso permitirlo de ninguna de las maneras.

–Mucho me temo que tendrá que hacerlo –contestó el Conde Olaf.

–Me... me temo que Olaf tiene razón –dijo

Justicia Strauss entre lágrimas–. Este matrimonio se ajusta a la ley.

–Ruego me disculpen –dijo Violet de repente–, pero pienso que quizás estén equivocados.

Todos dirigieron sus miradas a la mayor de los huérfanos Baudelaire.

–¿Qué has dicho, condesa? –dijo Olaf.

–Yo *no* soy su condesa –dijo Violet con enojo, palabra que aquí significa «muy malhumorada»–. Yo, por lo menos, no *creo* que lo sea.

–¿Y por qué? –dijo el Conde Olaf.

–No he firmado el documento con mi propia mano, como manda la ley –dijo Violet.

–¿A qué te refieres? ¡Todos te hemos visto!

La ceja del Conde Olaf empezaba a levantarse movida por la furia.

–Mucho me temo que tu marido tiene razón, querida –dijo Justicia Strauss con tristeza–. De nada sirve negarlo. Hay demasiados testigos.

–Como la mayoría de la gente –dijo Violet–, soy diestra. Pero he firmado el documento con la mano izquierda.

–¿*Qué?* –gritó el Conde Olaf. Arrancó el papel de las manos de Justicia Strauss y lo miró. Sus ojos brillaban—. ¡Eres una *mentirosa*! —le siseó a Violet.

—No, no lo es —dijo Klaus emocionado—. Recuerdo haber visto su mano izquierda temblando al firmar.

—Es imposible demostrarlo —dijo el Conde Olaf.

—Si quiere —dijo Violet—, estaré encantada de volver a firmar en otro papel con la mano derecha y después con la izquierda. Entonces podremos ver cuál de las dos firmas se parece más a la del documento.

—Un ínfimo detalle, como la mano que utilizaste para firmar —dijo el Conde Olaf—, no tiene la menor importancia.

—Si no le importa, señor —dijo el señor Poe—, me gustaría que fuese Justicia Strauss quien dirimiese esta cuestión.

Todos miraron a Justicia Strauss, que se estaba secando la última de sus lágrimas.

—Déjenme ver —dijo en voz baja, y volvió a cerrar los ojos.

Respiró hondo, y los huérfanos Baudelaire y todos los que les tenían cariño contuvieron el aliento, mientras Justicia Strauss fruncía el ceño, muy concentrada en la situación. Finalmente, sonrió.

—Si Violet es de hecho diestra —dijo con firmeza— y ha firmado el documento con la mano izquierda, dicha firma no cumple los requisitos de las leyes nupciales. La ley deja claro que el documento tiene que ser firmado por la *propia mano* de la novia. Por consiguiente, podemos concluir que este matrimonio no es válido. Violet, no eres *condesa*, y Conde Olaf, *no* tiene el control sobre la fortuna de los Baudelaire.

«Hurra», gritó una voz entre el público y algunas personas aplaudieron. A menos que seas abogado, probablemente te parezca raro que el plan del Conde Olaf fracasase porque Violet firmara con la mano izquierda en lugar de con la derecha. Pero las leyes son un poco raras. Por ejemplo, un país de Asia tiene una ley que obliga a que todas las bicicletas tengan las ruedas del mismo tamaño. Una isla tiene una ley que prohí-

be que nadie recoja la fruta. Y una ciudad no demasiado alejada de donde vivimos tiene una ley
que me prohíbe acercarme a menos de ocho ki-
lómetros de sus límites. Si Violet hubiese firmado el contrato matrimonial con la mano derecha,
la ley la habría convertido en una triste condesa,
pero, al firmar con la izquierda, seguía siendo,
para su tranquilidad, una triste huérfana.

Lo que eran buenas noticias para Violet y sus
hermanos eran, obviamente, malas para el Conde
Olaf. A pesar de todo, esbozó una horrible sonrisa.

—En ese caso —le dijo a Violet, apretando un
botón del walkie-talkie—, o te casas otra vez conmigo y esta vez de verdad o...

—¡Nipo! —la inconfundible voz de Sunny cu-
brió la del Conde Olaf, mientras se acercaba
tambaleándose hacia sus hermanos.

El hombre manos de garfio iba detrás de ella,
su walkie-talkie emitiendo sonidos. El Conde
Olaf había llegado tarde.

—¡Sunny! ¡Estás bien! —gritó Klaus, y la abrazó.

Violet corrió hasta ellos, y los dos Baudelaire
mayores llenaron a la pequeña de mimos.

—Que alguien le traiga algo de comer —dijo Violet—. Debe estar muy hambrienta, después de pasar tanto tiempo colgada de la ventana de la torre.

—¡Tarta! —chilló Sunny.

—¡*Argh!* —gruñó el Conde Olaf. Empezó a andar hacia adelante y hacia atrás como un animal enjaulado, deteniéndose sólo para señalar a Violet—. Quizá no seas mi mujer —dijo—, pero sigues siendo mi hija y...

—¿Realmente cree —dijo el señor Poe con tono irritado— que le permitiré seguir cuidando a estos tres niños después de la traición que he vivido esta noche?

—Los huérfanos son míos —insistió el Conde Olaf— y tienen que quedarse conmigo. No hay nada ilegal en intentar casarse con alguien.

—Pero *hay* algo ilegal en colgar a un bebé de la ventana de una torre —dijo Justicia Strauss indignada—. Usted, Conde Olaf, irá a la cárcel, y los tres niños vivirán conmigo.

—¡Arrestadle! —dijo una voz entre el público, a la que se unieron varias más.

—¡Que vaya a la cárcel!

—¡Es un hombre malvado!

—¡Y devolvednos nuestro dinero! ¡Ha sido una representación malísima!

El señor Poe cogió al Conde Olaf por el brazo y, tras unas breves interrupciones de toses, anunció con voz áspera:

—Por la presente le arresto en nombre de la ley.

—¡Oh, Justicia Strauss! —dijo Violet—. ¿Va en serio lo que acaba de decir? ¿De verdad podemos vivir con usted?

—Claro que va en serio —dijo Justicia Strauss—. Os tengo mucho cariño y me siento responsable de vuestro bienestar.

—¿Podremos utilizar su biblioteca todos los días? —preguntó Klaus.

—¿Podremos trabajar en el jardín? —preguntó Violet.

—¡Tarta! —volvió a gritar Sunny.

Y todos rieron.

En este punto de la historia me veo obligado a interrumpir y a haceros una última advertencia. Como dije al principio, el libro que tenéis entre las manos no tiene un final feliz. Quizá ahora pueda parecer que el Conde Olaf irá a la cárcel y que los tres jóvenes Baudelaire vivirán felices por siempre jamás con Justicia Strauss, pero no es así. Si queréis, podéis cerrar el libro en este preciso instante y no leer el infeliz final que está a punto de suceder. Podéis pasaros el resto de vuestras vidas creyendo que los Baudelaire derrotaron al Conde Olaf y vivieron a partir de entonces en la casa y la biblioteca de Justicia Strauss, pero la historia no se desarrolla así. Porque, mientras todo el mundo reía por el grito de Sunny pidiendo tarta, el hombre de aspecto importante con la cara llena de verrugas se acercó a hurtadillas al lugar donde estaban los controles de las luces del teatro.

En un abrir y cerrar de ojos, el hombre cerró el interruptor general y todas las luces se apagaron, y la gente permaneció de pie a oscuras. Fueron unos momentos de caos, y todos corrían de aquí para allá gritando. Algunos actores cayeron encima de los espectadores. Algunos espectadores tropezaron con accesorios teatrales. El señor

Poe cogió a su esposa, creyendo que era el Conde Olaf. Klaus cogió a Sunny y la sostuvo lo más arriba que pudo, para que no sufriese daño. Pero Violet supo al instante lo que había sucedido y se abrió paso lentamente hacia donde recordaba que se encontraban las luces. Durante el curso de la representación, Violet había observado detenidamente el control de iluminación, y había tomado nota mentalmente, por si aquellos aparatos le podían servir para un invento. Estaba segura de que, si encontraba el interruptor, conseguiría volver a encender las luces. Caminando con los brazos estirados, como si de una ciega se tratase, cruzó el escenario pasando con cuidado entre muebles y actores desconcertados. En la oscuridad, Violet parecía un fantasma, su traje de novia blanco moviéndose lentamente por el escenario. Entonces, en el preciso instante en que llegó al interruptor, notó una mano en el hombro. Una figura se echó hacia adelante para susurrarle algo al oído.

—Conseguiré hacerme con vuestra fortuna aunque sea lo último que haga en la vida —susurró la voz–. Y cuando la tenga, os mataré a ti y a tus hermanos con mis propias manos.

Violet emitió un débil grito de terror, pero encendió el interruptor. El teatro se inundó de luz. Todo el mundo parpadeaba y miraba a su alrededor. El señor Poe soltó a su mujer. Klaus dejó a Sunny en el suelo. Pero nadie estaba tocando el hombro a Violet. El Conde Olaf se había esfumado.

–¿Dónde ha ido? –gritó el señor Poe–. ¿Dónde han ido *todos*?

Los jóvenes Baudelaire miraron en todas direcciones y vieron que, no sólo se había esfumado el Conde Olaf, sino que sus cómplices –el hombre de la cara con verrugas, el hombre manos de garfio, el hombre calvo de la nariz larga, la persona enorme que no parecía ni hombre ni mujer y las dos mujeres de rostro blanco– se habían esfumado con él.

–Seguro que han salido corriendo –dijo Klaus–, cuando se apagó la luz.

El señor Poe salió del teatro, y Justicia Strauss y los niños le siguieron. Muy, muy lejos en la calle pudieron ver un coche grande y negro que se alejaba en la noche. Quizá el Conde Olaf y sus compinches estaban en su interior. Quizá no. Pero, en cualquier caso, giró por una esquina y desapareció en la oscura ciudad, mientras los niños lo observaban sin pronunciar palabra.

–Maldición –dijo el señor Poe–. Se han ido. Pero no os preocupéis, niños, los cogeremos. Voy a llamar a la policía inmediatamente.

Violet, Klaus y Sunny se miraron; sabían que no era tan fácil como el señor Poe decía. El Conde Olaf iba a desaparecer del mapa mientras planeaba su próximo movimiento. Era demasiado listo para ser capturado por el señor Poe y gente como él.

–Bueno, niños, vayamos a casa –dijo Justicia Strauss–. Podemos ocuparnos de eso por la mañana, después de que os haya preparado un buen desayuno.

El señor Poe tosió.

–Esperad un minuto –dijo, mirando al suelo–. Siento deciros esto, niños, pero no puedo permitir que os eduque alguien que no sea de vuestra familia.

—¿Qué? —gritó Violet—. ¿Después de todo lo que Justicia Strauss ha hecho por nosotros?

—Nunca habríamos descubierto el plan del Conde Olaf sin ella y su biblioteca —dijo Klaus—. Sin Justicia Strauss habríamos perdido la vida.

—Es posible —dijo el señor Poe—, y le doy las gracias a Justicia Strauss por su generosidad, pero el deseo de vuestros padres es muy específico. Tenéis que ser adoptados por un pariente. Esta noche os quedaréis en mi casa conmigo y mañana iré al banco y pensaré qué hacer con vosotros. Lo siento, pero así son las cosas.

Los niños miraron a Justicia Strauss, quien suspiró profundamente y abrazó uno a uno a los chicos Baudelaire.

—El señor Poe tiene razón —dijo con tristeza—. Hay que respetar los deseos de vuestros padres. Niños, ¿no queréis hacer lo que querían vuestros padres?

Violet, Klaus y Sunny recordaron a sus queridos padres y desearon más que nunca que el incendio no hubiese tenido lugar. Jamás se habían sentido tan solos. Deseaban desesperadamente vivir con aquella mujer amable y generosa, pero sabían que no podía ser.

—Supongo que tiene razón, Justicia Strauss —acabó por decir Violet—. La echaremos muchísimo de menos.

—Yo también os echaré de menos —dijo Justicia Strauss, y sus ojos volvieron a llenarse de lágrimas.

Entonces le dieron un último abrazo y siguieron al señor y la señora Poe hasta su coche. Los huérfanos Baudelaire se apretaron en el asiento trasero y miraron desde la ventanilla a Justicia Strauss, que estaba llorando y los despedía con la mano. Ante ellos se extendían las calles oscuras por donde el Conde Olaf había escapado para planear nuevas maldades. Detrás estaba la amable juez, que tanto se había interesado por los tres niños. A Violet, Klaus y Sunny les parecía que el señor Poe y las leyes habían tomado la decisión equivocada al negarles la posibilidad de una vida feliz con Justicia Strauss, dirigiéndoles hacia un destino desconocido con algún pariente desconocido. No lo entendían, pero, como tantos otros sucesos desafortunados de la vida, no por no entenderlos dejan de ser ciertos. Los Baudelaire se apretujaron para sobrellevar la fría noche, y siguieron saludando desde la ventana trasera. El coche se alejó más y más, hasta que Justicia Strauss sólo fue un punto en la oscuridad, y a los niños les pareció que estaban tomando una aberrante –la palabra «aberrante» significa aquí «muy, muy equivocada y causante de gran dolor»– dirección.

LEMONY SNICKET nació en un pueblecito cuyos habitantes eran desconfiados y propensos a causar disturbios. Ahora vive en la ciudad. En su tiempo libre reúne pruebas y las autoridades le consideran un experto. Éstos son sus primeros libros.

BRETT HELQUIST nació en Gonado, Arizona; creció en Orem, Utah, y ahora vive en la ciudad de Nueva York. Obtuvo una licenciatura en Filosofía y Letras en la Brigham Young University y ha trabajado desde entonces como ilustrador. Sus trabajos han aparecido en muchas publicaciones, incluyendo la revista *Cricket* y *The New York Times*.